2018 제63회

現代文學賞 수상시집

안규철, 「두 개의 빈 의자」, 드로잉

| 현대문학상 기념조각 |

안규철

책은 양면적인 요소들이 중첩되어 있는 물건이다.
책에는 왼쪽과 오른쪽 페이지가 있고, 보이는 앞면과 보이지 않는 뒷면이 있다.
안과 밖이 있고, 시작과 끝이 있다. 흰 종이와 검은 잉크가 있고,
드러난 것과 숨겨진 것이 있으며, 저자와 독자가 있다.
서로 상반되면서 동시에 상호 의존적인 이런 요소들은 책이 닫혀 있을 때는 드러나지 않는다.
책은 상자와 같아서, 책장이 펼쳐지기 전에 그것은 무뚝뚝한 한 덩이 종이 뭉치에 불과하다.
책을 열면 이렇게 하나였던 것이 둘이 된다. 왼쪽과 오른쪽이, 안과 밖이, 저자와 독자가 거기서 생겨난다.
그리고 그 둘 사이에서, 낯선 한 세계의 지평선이 떠오른다.
마술사의 손바닥에서 피어나는 꽃처럼, 작은 책갈피 속에서 세계 하나가 온전한 윤곽을 드러낸다.
문학작품 앞에서 늘 그것이 경이롭다.

제63회 現代文學賞 수상시집

황인숙

간발 외

H
현대문학

수상후보작

역대 수상시인 근작시

심사평

수상소감

수상작

간발 외

황 인 숙

황인숙

간발 외

1958년 서울 출생. 1984년 『경향신문』 등단.
시집 『새는 하늘을 자유롭게 풀어 놓고』 『슬픔이 나를 깨운다』
『우리는 철새처럼 만났다』 『나의 침울한, 소중한 이여』 『자명한 산책』
『리스본行 야간열차』 『못다 한 사랑이 너무 많아서』 등.
〈동서문학상〉 〈김수영문학상〉 〈형평문학상〉 수상.

간발

앞자리에 흘린 지갑을 싣고
막 떠나간 택시
오늘따라 지갑이 두둑도 했지

애가 타네, 애가 타
당첨 번호에서 하나씩
많거나 적은 내 로또의 숫자들

간발의 차이 중요하여라
시가 되는지 안 되는지도 간발의 차이
간발의 차이로 말이 많아지고, 할 말이 없어지고

떠올렸던 시상이 간발 차이로 날아가고
간발의 차이로 버스를 놓치고
길을 놓치고 날짜를 놓치고 사람을 놓치고

간발의 차이로 슬픔을 놓치고
슬픔을 표할 타이밍에 웃음이 터지기도 했네
바늘에 찔린 풍선처럼 뺨을 푸들거리며

놓친 건 죄다 간발의 차이인 것 같지
누군가 써버린 지 오랜
탐스런 비유도 간발로 놓친 것 같지

간발의 차이에 놓치기만 했을까
잡기도 했겠지, 생기기도 했겠지
간발의 차이로 내 목숨 태어나고

숱한 간발 차이로 지금 내가 이러고 있겠지
간발의 차이로
손수건을 적시고, 팬티를 적시고

참된 신자 조정환 할머님

새벽 두 시
우당탕 탕탕!
카트가 날아가고
노인이 날아가고
보안등도 없는 길목
어둠 속 체구 작은 노인네를
택시 기사는 물론 못 봤을 테지
"괜찮으세요!?"
사색이 돼 달려온 택시 기사
"아구구, 직진 신호 켜고
갑자기 좌회전하면 어떡해요?"
노인이 나무라자
"손님이 왼쪽 길로 꺾으라 해서……
용서해주세요. 저도 집에 팔순 노모가 계세요."
무릎 꿇고 울먹거리는 택시 기사
"나 좀 일으켜봐요."
택시 기사 부축 받고 일어난 노인
걸을 만하더란다
"됐어요. 이제 가봐요."

"아니, 병원에 가셔야……"
"아니에요. 일어나 걷잖아요.
됐어요. 가보세요."
"그럼 나중에라도 연락 주세요.
죄송합니다! 고맙습니다!"
전화번호 적은 쪽지 쥐여주고
꾸벅꾸벅 절하며 택시 기사는 떠나고
이틀 뒤부터 노인은
병원에 다니시고
"처음 며칠은 죽을 듯 아팠어.
독감도 겹치고."
"택시 기사한테 전화하시지요!"
"에그, 뭐하러?
쪽지 어디 뒀는지도 몰라."
내 얼굴 울가망할 텐데
노인네 명랑한 목소리로
감복의 말씀 들려주시네
"늘 왼손으로 카트를 끌었었는데
어쩌면! 그때는 오른손으로 끌었을까?!

영락없이 내가 치일 것을
카트가 치였어. 그래서 살았지 뭐야.
하느님, 고맙습니다!"

목숨값

옛날, 아주 오랜 옛날
짜장면 한 그릇이
50원이었던 시절
신호등도 횡단보도도 없는 찻길을
일터로 삼은 청년이 있었다
그때는 아직 생기지 않은
남산 힐튼호텔 앞이었다
경사진 찻길 무단횡단이
청년의 일
살피면서 건너면 10원
무조건 건너면 50원
한번은 청년만큼이나 허름한 행색의 중년 남자가
청년에게 50원을 건넸다
그의 고객과 열 남짓 공짜 관객이
보도에서 지켜보고 있었다
청년은 눈을 꼭 감고 찻길에 들어서서
성큼성큼 발을 옮겼다
자동차들이 경적을 울려대고
중년 남자가 켕기는 목소리로 외쳤다

"조심해!"
하, 조심하라고?
이렇게 죽으나 저렇게 죽으나,
청년은 계속 눈을 꼭 감았을까
저도 모르게 실눈을 떴을까

지금은 짜장면 한 그릇에
4천 원이던가, 5천 원이던가

언덕

언덕이
언덕이
있다기에

거기 무슨 언덕이 있다는 거지?

"아, 후암동 시장 가는 길 말이야.
맨날 다니면서 왜 모를까?"
조 선생님 답답해하며 갸우뚱거리시고
나도 갸우뚱갸우뚱
그런데 어젯밤 그 길 걷다가
문득 눈앞에 언덕 보았네
그제도 그끄제도 없던 언덕
내 발밑에 언덕 있었네

나보다 스무 해는 더 사신 조 선생님의 언덕
그 언덕
내 발밑에 있네
무지개 뜨지 않는

언덕

아무 날이나 저녁때

1

온종일
저녁 같은
날

창밖 멀리 하늘,
그 아래 건물들도
어딘지
삭아가는
시멘트 빛

아, 정작
저녁이 오니
건물들이 희게 빛나네
하늘과 함께
건강함의 진부함을
뽐내네

2

어제 우연히 발견한
10년은 족히 지난 너의 메모
좋은 펜으로 썼나봐
글자가 선명하네
'아무 날이나 저녁때'

내게 아직
진부하게도
저녁이 있었을 때
아무 날이나
저녁때

개줄을 끄는 사람

저 사람은 왜
개줄을 끌고 가는 것처럼 보이는 걸까
개줄을 끌고 있기 때문이지
때로 그는
식당이나 어떤 공원
앞에서 발을 멈추고
발길을 돌리리
개줄 끝에 개가
있거나, 없거나

어딘가 한 조각이
오려져 나간
혹은 빗금이 그어진
풍경처럼
관리가 안 된 생의
민얼굴로

수상시인 자선작

하얀 복도

예순 돼 보이는 아주머니 한 분이
병원 복도를 달린다
사나운 개에 쫓기는 계집애처럼
으흐응 느껴 울면서
오른손으로 눈물 닦으며
옆구리에 붙인 왼손 팔락팔락 휘저으며
종종종 달려간다
그 뒤에서 청년이 소리친다
"엄마, 이리 와아!
치매가 뭐 어때서 그래!?"
단걸음에 따라간 청년이
들썩이는 엄마 어깨를 잡아
되돌려 모셔 간다

광장

1. 하루

양팔이 뻐근하도록 먹을거리를 사 들고
롯데마트 서울역점을 나섰다
띄엄띄엄 노숙자들이 몸을 부리고 있는
계단을 다 내려가니
세상에, 해 떨어진 지 언젠데
어둑한 광장에 비둘기들이
종종걸음으로 배회하고 있다
무지막지 무거운 봉투를 발치에 내려놓고
나는 과자 봉지를 하나 꺼내 뜯었다
비둘기들이 어린애처럼 설레며 모여들었다
그 잠시 사이
필시 버스에서 내려 지하철로 갈아타려고 걷던 중일
마흔 줄 남자가 멈춰 쇳소리를 냈다
"거기 밥 주지 마요! 벌금인 거 몰라요?"
그 남자는 '아, 왜 말을 안 들어?' 하는 듯 눈살을 찌푸렸는데
참 말 잘 듣게 생긴 얼굴이었다
'그런 말은 당신이나 잘 들어! 갈 길 가시지!'

그 남자 행색이 후줄근해
더 미웠다

　2. 또 하루

먹다 남은 빵 조각 잘게 뜯어
불온 삐라이기라도 한 듯
둘레둘레 주위를 살핀 다음
재빨리 살포하고 현장을 떠난다
세상에!
비둘기한테 '유해'라는 딱지를 붙이다니
세상에, 비둘기한테 먹을 걸 주면
벌금을 물린다니

'유해' 생명체들이 예제서
정신줄 놓고 헤매거나
졸고 있다

봄기운

도무지 끝날 것 같지 않은 긴 겨울 끝,
된통 앓았던 폐가 여태도 욱신거린다

햇살 달콤히 달아오르면
백화 만발해 산지사방 꽃향기 흐드러지면,
가슴속 저 깊이 웅크리고 있는
가령
늦가을에 태어나
길에서 겨울을 나고
벚꽃 피기 전에 죽은 고양이
기지개를 켜고 일어나
사뿐히 튀어 나가리라
그랬으면 좋겠다
얼마나 좋을까, 짙은 그 볕 속에서
한 번이라도 뒹굴거리게 할 수 있다면!

물론 나는
죽은 고양이를 걱정하지 않는다
죽은 사람을 걱정하지 않는 것처럼

죽은 사람……
죽은 사람들……
문득 그립다

이렇게 가는 세월

친구들이 번갈아 전화를 한다
큰일이다 큰일, 너 얼마나 더우냐!
땀을 줄줄 흘리며 나는
심드렁 서늘 대꾸한다
인생에 있어서 더위 따윈
아무것도 아니야
그럼 뭐가 아무걸까
하늘엔 비둘기
땅엔 개미 떼
기록적인 염천 여름에
더위 따위 아무것도 아니다?
그대들의 내 더위 걱정에
심란이 더해졌을 터
하늘엔 비둘기
땅엔 개미 떼
집을 나서자마자 비둘기들이
근심처럼 구차하게 나를 에워싸리
놀이터 풀섶에선 개미 떼가

검질긴 근심으로 바글거리리
개미 떼처럼 들러붙는 땡볕
허위허위 비탈을 올라가는데
푸득 푸드득 꾹꾸루꾸꾸
떡 하나만 주면 안 잡아먹지!
비둘기들이 머리 위를
바싹 맴돌며 쫓아온다
비둘기들아 좀 훨훨 날아,
훨훨 날아가버리려므나

벌써 입추
이제 곧 시들부들 바람
쏜살같이 힘 붙으리, 얼어붙으리
그러니 이 더위도
마냥 붙들고만 싶어라
더위 따윈 내 인생에서
아무것도 아니라네

전철을 기다리며

그리 길지 않은 에스컬레이터가
그리 빠르지 않게 내려온다
구물구물구물
내려오는 계단
거슬러
뛰어 올라가고 싶어
발바닥이 근질거리자
에스컬레이터, 속도를 높이네
저 속도쯤 이길 것 같은데
실패하면 꼴불견
두 손으로 앞을 짚은 채
엉덩이를 빼고 주르륵
성공한들 꼴불견
나이 든 여자가
저 무슨 짓인가고
이 사람 저 사람 흉을 보겠지

구물구물 에스컬레이터 계단
끝없이 내려온다

어디 한번
올라와보시라고

내 삶의 예쁜 종아리

오르막길이
배가 더 나오고
무릎 관절에도 나쁘고
발목이 더 굵어지고 종아리가 미워진다면
얼마나 더 싫을까
나는 얼마나 더 힘들까

내가 사는 동네에는 오르막길이 많네
게다가 지름길은 꼭 오르막이지
마치 내 삶처럼

Spleen

이 또한 지나갈까
지나갈까, 모르겠지만
이 느낌 처음 아니지
처음이긴커녕 단골 중에 상단골
슬픔인 듯 고통이여, 자주 안녕
고통인 듯 슬픔이여, 자꾸 안녕

에세이의 탄생

당신은 어느 시간, 어느 장소건
갈 수 있습니다
살아 있는 사람도 죽은 사람도
멀리 있는 사람도 모르는 사람도
만날 수 있습니다
거미줄 위에도 앉고
알람브라궁전도 거닐 수 있습니다
당신 앞에 컴퓨터나
공책이 있기에요
때로 당신은 다른 사람의 삶을 들여다보고
때로는 다른 사람의 눈으로 지그시
당신의 삶을 볼 것입니다
당신이 컴퓨터나
공책 앞에 앉았기에요
당신 자신은 물론이고 다른 사람들,
어떤 동물, 어떤 식물,
바다, 바위, 조약돌, 모래알,
천공, 구름, 노을, 바람……
당신은 그들을, 혹은 그 속에서

살기를 시도하고
그러면서 새로 삶을 발견할 것입니다
뛰어드세요!
자꾸 멈칫대면
점점 더 무서워집니다
누가 뭐라겠습니까,
당신의 에세이
마음 가는 대로
시작되는 곳에서 시작하고
그치고 싶은 데서 그쳐도 그만입니다
무엇을 쓸까, 어떻게 쓸까
당신은 처음에 머리를 공굴리고
다음에 글을 공굴릴 것입니다
조마조마하면서
얼마나 즐거운 시간입니까
한 편 에세이를 쓴 뒤
당신은 번지점프라도 해낸 양 의기양양
한층 강하고 너그럽고, 아름답게 빛나고
세계는 넓어지기도

깊어지기도 합니다

수상후보작

김상혁

새 교수 외

1979년 서울 출생.
2009년 『세계의문학』 등단.
시집 『이 집에서 슬픔은 안 된다』 『다만 이야기가 남았네』.

새 교수

새를 연구하는 교수는 새를 사랑하는 학생과 새를 사랑하지 않
는 학생으로 우리를 구분한다. 새를 사랑하면 새 교수에게 사랑받
는 제자가 될 수 있다.

어제 그 교수가 강의 도중 조류 관찰용 녹음기를 틀었다.
거기서 문득 흘러나온 새 교수의 흐느낌으로 교실은 웃음바다
가 되었다.
그는 얼굴을 붉히며 철새 도래지 해 질 녘의 눈물 나게 아름다
운 장관을 묘사해보지만…… 한번 터진 우리의 웃음은 그칠 줄
몰랐다.

그날 새 교수는 모래 목욕 하는 새를 보여주었다.
땅 위에 지은 둥지를 보여주었다. 가장자리 효과에 관하여 설명
하였다.
하지만 도마뱀이 물로 세수를 하든 코끼리가 진흙으로 도포를
하든 그런 것에 누가 관심이나 있단 말인가?

다 큰 어른이 새 떼를 관찰하다 질질 짜는 소리만큼 우리 흥미를
끌 만한 것은 그 수업에 없었으므로, 새 교수, '사람은…… 새를

본받아야 합니다!' 같은 말을 진지하게 해봤자 그게 무슨 소용이
있냔 말이지.

　새를 사랑하고 연구하는 교수의 강의는 새의 아름다움에 관하
여 아무것도 가르치지 못했다. 새를 사랑하면 새 교수에게 사랑받
는 제자가 될 수 있지만 아무도 새 교수의 제자가 되고 싶어 하지
않았다.

소설

무엇을 읽어도 감동이 없다고 말하는 나와
뭐든 읽어야 숨이 트인다고 말하는 당신이
오늘 굳게 마음먹는다. 책 한 권 펼쳐두고
대체 무엇이 나의 마음을 단단히 닫았으며
무엇이 당신 앞날의 실감을 무디게 하였는지
꼭 알아내고 싶은 것이다. 아니면 큰일 난다
아니면 우린 정말 끝이다 싶어서 마주 앉았다.
처음엔 전혀 다른 사람이었다가 곧 너무나
똑같은 사람이 되었다가 다시 오랫동안 조금씩
서로 다른 사람이 된다. 그러다 좀 슬퍼서 나는
안절부절못하는 대신 시간아 가라, 흘러라 했다.
당신은 이제 책을 읽을 때만 우는 사람이고
나는 당신의 독서가 끝나기를 기다리는 사람이다.
하도 읽어서 저절로 펼쳐진 우리의 책
저것을 왜 그리도 열심히 읽었나?
거기 숨 막히는 감동은 없다. 그렇다고 이제 와
나와 당신이 아까워하는 시간도 아니었다.

선생은 장난을 친다

선생은 장난을 친다
물건에 대해서도 사람에 대해서도
타인의 사고에 대해서도 장난을 친다
그래서 미움받지만 그래도 장난을 친다
가망 없는 사랑에 대해서도 시위와 화재에 대해서도
찢어지게 가난한 친구에 대해서도 선생은 장난을 친다
어느 술자리였다 선생이 자기는 곧 죽는다고 슬프게 말하였고
또 며칠이 지나자 장난을 쳤다 언제 죽을지 어떻게 죽을지
장난을 친다 수천 명이 묻힌 역사의 비극 수만이 재가 된
인류의 슬픔에 대해서도 선생은 장난을 친다 책이 말하는
전쟁에 대해서도 도감이 보여주는 죽은 아이에 대해서도
이렇게 가나 저렇게 가나? 그런 말로 장난을 친다
죽어가는 자에겐 그럴 권리가 있다는 듯이
인간이란 모두 어쩔 수 없다는 듯이
미움받는 선생은 장난을 친다

몬트리올 서커스

오래된 사진 속 천막 입구에는 '위험한 독 전갈을 배 위에 올려 둔 미소녀'라고 적힌 허술한 간판이 붙어 있었다.

얼굴조차 알려지지 않은 그녀라는 존재가 초기 몬트리올 서커스의 부흥에 지대한 역할을 했다는 점은 분명하다.

서로 무심한 우리에게서 사랑을 이끌어낸 것은 하필 비가 오고 있었다는 사실 하나뿐이었다.

기어이 구름을 만들어내고야 마는 인공호수 앞에 네가 서 있었다는 사실뿐이었다.

홀

거울을 보면 거기 당신과 똑같은 얼굴이 있습니다
하지만 사람을 보았는데 당신과 똑같다고 느낀다면…… 큰일
아닙니까
착각이거나 그자가 당신의 아들딸이거나 그것도 아니라면
그를 몹시 존경하는 것 아닙니까 어쩌면
그의 불우한 옛날이야기에 혼이 쏙 빠져서
비밀과 슬픔을 그에게 다 털어놓은 것은 아닌지
사랑 아닙니다
아침마다 당신은 당신 얼굴에 키스하며, 너를 사랑해 말할 수 있
습니까
조금 울 것 같아서 거울을 보았는데 정말 눈물이 날 것 같다
똑같다고 생각했더니 위로를 받는 것 같다…… 큰일 아닙니까
거울도 사람도 납작한 뒷모습만 남거나
그게 아니라면 당신이, 문제는 결국 나였어 후회하게 된다면
잘못 아닙니다
당신은 당신에게 잘못할 수 없습니다
생활에 시달리지 않으면 알 수가 없습니다 똑같은 얼굴에 대한
갈망을
저렇게 반짝이는 어떤 풍경 속에 또 다른 내가 존재하길 바라는

마음을

　카페에 앉아 있는 어느 소중한 휴일에
　그 카페에 앉아 있는 자기밖에 머릿속에 떠오르지 않을 때
　큰일 아닙니다
　당신은 당신을 더 기다릴 수 있습니다 당신과 다른 얼굴 앞에서
　비밀도 슬픔도 없이 그릴 수 있습니다

유턴

그런 상황 아나요

그러면 안 될 것 같은데 그렇게 해버린 것

자기 친구들과 수다 떠는 아내를 카페에 두고 왔습니다

딱히 화가 난 것도 아니고 서운한 것도 없는데

내가 거기 없어도 될 것 같아서 집으로 차를 몰았습니다

운전하는 내내 아무리 생각해도 알 수가 없는 겁니다

어째서 혼자 집으로 가고 있는 거지?

아내는 집에 어떻게 오라고?

생각 없이 시끄럽고 번잡한 카페를 빠져나왔다는

생각을 떨칠 수가 없었는데 차가 도로를 벗어났고

서양측백 빽빽한 방풍림이 닥쳐 하마터면 큰일을 당할 뻔합니다

아슬아슬하게 살아났다고 해도 좋을 그런 상황인데

그런데 그때 어떤 안도감보다는, 어서 돌아가자, 내가 진짜 죽을

뻔했다고 가서 말하자, 하는 마음이 드는 겁니다

카페에서 말고, 아내를 차에 태워 집으로 가는 조용한 시간에

내가 그런 일을 당했다고 이야기를 나누자는 생각이 간절해서

방풍림에서 도로로 유령처럼 조심스럽게 빠져나와 아내에게 돌

아가는 겁니다

딱히 신나는 일도 자랑할 일도 없는데

꽤나 들떠서 조급한 심정으로 나는
그녀가 있는 시끄럽고 번잡한 카페로 차를 몰았던 겁니다

기적의 시간

×

그 장면은 동그랗게 판 참호의 흙벽에 기대어 앉은 젊고 아름다운 군인과 그의 소총을 비추고 있다. 하지만 너무나 어둡고 조용한 나머지 젊은 군인의 아름다운 눈빛과 입술은 잘 표현되지 못하고 있다. 하지만 너무나 어둡고 조용한 그 장면은 젊은 군인이 속삭이는 여리고, 낮은 노랫말을 강조하고 있다.

×

다람쥐와 고래가 있었네
한 아이는 다람쥐처럼 작고 빨라서
다른 아이는 벌써 고래처럼 크고 힘차서
친구들 별명이 그랬네

다람쥐와 고래가 매일 만나네
어제는 공동 방목지를 뛰놀고
오늘은 노예들 규방을 구경해
하지만 내일은 꼭 운이 나쁘지

다람쥐가 먼저 달리고

고래가 뒤를 쫓았네
하지만 고래가 먼저 넘어지면
다람쥐도 따라 넘어졌네

그런 다람쥐와 고래가 살았네
어제는 공동 방목지에 누웠고
오늘은 규방 썩은 내를 맡았지
그리고 내일은 꼭 운이 나쁘다

다람쥐가 먼저 잡혀서
고래도 따라 잡혔네
백작의 포도밭 경계석을
백작의 고귀한 경계석을

고래의 발이 먼저 찼고
다람쥐의 발이 따라 찼지
정말 다람쥐만큼 작고 빨랐다면
정말 고래만큼 크고 힘찼다면

다람쥐와 고래도 어른이 되었겠지
백작의 병사와 칼을 피했겠지
그 별명만큼만 작고 빨랐다면
그 별명만큼만 크고 힘찼다면

×

그 장면을 떠올리며 책을 덮었다. 이제 사람은…… 우주로, 우
주로 나가는 것이다.

×

그리고 나는 순한 개를 받아 와서 같이 산다 스위스
친구가 왜 그것에 나라 이름을 붙였는지 모르지만
스위스에 대한 나의 사랑은 어쩔 수 없이 깊어진다

둥글고, 하얗고, 이미 너무나 오래 살아버린 스위스
친구가 왜 작은 여행 가방 하나를 남겼는지 모르지만
스위스는 육면체, 열어둔 가방 안에 잘 앉아 있다

물론 스위스는 곧 간다

물론 스위스의 죽음은 내 사랑하는 친구를 돌아오게 못 한다

페키치의 『기적의 시간』을 읽은 뒤로 나는 영혼이 둥근 모양이라고 믿고 있다
하지만 스위스의 영혼은 친구가 잘 들고 간 육면체, 닫힌 가방 모양이라고 믿고 있다

×

그리고 나리, 믿음에 대해서라면 소싯적 가정사를 말씀드리지 않을 수 없네요. 제 아비는 동네 이름난 망나니였고 저와 어머니에게 말도 못하게 가혹했답니다. 나리들은 자기 노예만 살피고 베네딕투스회 규율은 신자만 지키는 판에 시골뜨기 모녀가 당하는 매질을 누가 막아주겠나요? 나리, 그런 아비가 목숨처럼 아끼는 물건이 있답니다. 술에 취해 아무한테나 주먹질하고 아무 데서나 잠들었지만 무슨 성인聖人 얼굴이 새겨진 금화를 몸 깊은 곳에 잘 지니고 다녔답니다. 저와 어머닌 팔아도 그 금화는 팔지 않을 만큼 소중해, 동네 사람들 모두 알았지요. 하지만 나리, 그게 운이 나빴어요. 술에 취해 커다란 돌을 차서 넘어뜨렸고 하필 그게 백작님 고귀한 포도밭 경계석이라니, 노예라면 목숨으로 갚아야 할 판이

었는데. 나리, 백작이 소문을 들었던 겁니다. 망나니 성인 금화에 대한 소문을요. 우렁찬 목소리에 초목이 떨립니다. 그래! 발목이냐! 금화냐! 짙은 안개 속에서 백작이 묻는데 제 아비가 금화 대신 기꺼이 발을 내놓았던 겁니다. 제 아비는 쥐처럼 재빠르고 범고래처럼 포악했답니다. 하지만 잘린 발목에 붕대 감고 돌아왔고 이제 술만 들어가면 신께 눈물 흘려 감사하는 게 아니겠어요? 아아! 이런 값진 금화를 남겨주시다니!

×

그 장면을 떠올리며 책을 덮었다. 이제 사람의 생각은…… 우주로, 우주로 나가는 것이다. 그리고 자신이 속삭이는 노랫말 속에서 잠든다. 그리고 안전하고 따뜻한 미래의 음식을 생각한다. 하지만 우리는 곧 벌레도 먹게 될 거야. 거저리, 거미, 지렁이. 너무나 작은 것은 아무도 불쌍히 여기지 않는다.

×

생태 학습이 끝나고
선생은 석고 사육장의 개미 군체를 소각장으로 던졌다.

그리고 장면은 전시관에 처음 들어선 소녀와 그녀의 눈빛을 비추고 있다. 하지만 그곳에서 너무나 황홀한 나머지 소녀는 어쩔 수 없이 깊어지는 자기 감정을 잘 이해하지 못하고 있다. 하지만 소녀는 성인이 되어서도 놀랍고, 이미 너무나 오래된 그 기억을 떠올리며 사랑에 대한 믿음을 굳혀가고 있다. 그런 믿음에 대한 사랑을.

그날 아버지 손을 잡고 따라간 '실물 고래 사진전'의 향유고래를 보았을 때부터 그녀는 아버지는 물론 동급생의 왜소함에서 아무런 매력을 느끼지 못하게 된다.

×

그리고 여기까지 모든 장면이 조용한 머릿속을 떠나지 않는 것이다

굳세고 작았던 생각에 이름을 붙이고 그것을 사랑하는 친구에게 남기기 전까지

신영배

물안경과 달밤 외

1972년 충남 태안 출생. 2001년 『포에지』 등단.
시집 『기억이동장치』 『오후 여섯 시에 나는 가장 길어진다』
『그 숲에서 당신을 만날까』.

물안경과 달밤

창문을 열어두었다
손끝엔 물병을 열어두고
발끝엔 여행 가방을 열어두고
감긴 눈은 어딘가를 열지 못해서
밤은 색깔이 없었다
바람이 어딘가를 열고 있었다
머리맡에 놓인 책이
한 장 한 장 저절로 펼쳐졌다
바다가 밀려오는 페이지에
물안경이 놓여 있었다
물병을 더듬다가 여행 가방을 더듬다가
나는 물안경을 집어서 썼다
파랗고 낯선 곳에서 눈을 떴다
가라앉고 가라앉고
하루 종일 만진 사물들이 입을 벌렸다
나도 입을 벌렸다
말에서 말로
달이 어딘가를 열고 있었다
여행 가방이 한껏 부풀어 올랐다

물안경을 쓰고 나는
두 다리를 오므렸다가 길게 뻗었다
두 팔을 모았다가 넓게 펼쳤다
달과 여행 가방이 함께 움직였다
검고 푸른 밤하늘을 나는 헤엄쳤다

물기타

    기타엔 구멍이 있다 그 구멍을 들여다보다가 빗소리를 들었다
가로줄을 세어보았다 귀가 한 겹 더 흔들리고, 가로로 내리는 비
    창밖에 있는 집들을 세어보았다 가로로 누운 길과 음악, 집과 집
사이에 구멍이 있다
    옆으로 기울어져서 잠이 들었다 잠이 들어 옆으로 기울어진 당
신과 마주쳤다 바라보다 음악
    책상 밑으로 새가 사라졌다 새를 찾기 위해 책상을 지웠다 책 속
으로 구름이 사라졌다 뒹구는 음악, 책과 구름 사이에 구멍이 있다
    일어나지 못하는 개와 음악
    꿈에서 깨지 않는 귀와 음악
    쓰러뜨리지 않으려고 꽃병을 옆으로 뉘어놓았다 꽃은 없고, 꽃
병엔 구멍이 있다
    시, 가로줄을 세어보았다

터미널과 생리대

떠나는 길이었는데 두 발이 너무 멀리 있었다
물을 내려다보고 있었다
터미널에서
돌아오는 이와 부딪치고
머무는 이와 부딪치고
나와 두 여자는
같은 시간대에서 붉은색을 끌었다
오십 대 그녀는 돌아오기 위해 그것을 읽었고
나는 사십 대, 떠나기 위해 그것을 썼고
소녀는 서 있었다
서 있기 위해 물들어야 하는 소녀는
손을 흘리며
사십 대 근처에서 지갑을 훔쳤다
나는 잃어버려도 좋은 단어를 가지고 있었다
다행히 물속에는 발이 비쳤다
잃어버리기 위해 쓰는 시를 생각했다
터미널에서
떠나는 길이었는데 헤매는 발이 좋았다
돌아오는 발과 부딪치고

머무는 발과 부딪치고
강 하나를 우리는 끌고 다녔다

바람과 소녀

'벌어지다'와 '버려지다'
두 개의 팔을 달고 있었다
오늘의 바람은

아프고 나서 비밀이 생겼다

바람 속에서 소녀가 쓰러졌다

문을 발견하고, 나는 소녀에게 달려갔다

날아갔다

비밀의 문 안쪽에서 할머니가 나왔다

새가 울고 할머니가 걸어갔다

지저귀다
흔들리다
사라지다

돌아오지 않다
지저귀다

바람 속에서

그 꽃도 나를 보았을까

아주 작은 꽃에겐 아주 작은 태양이 뜨고 아주 작은 달이 뜨고
쓰러진 그녀에게도
아주 작은 밤이 지나고 아주 작은 아침이 오고
버려진 개에게도
아주 작은 바퀴가 굴러가고 아주 작은 발이 지나가고
그녀와 개 사이에도
아주 작은 사람이 오고 아주 작은 사람이 가고
비 한 방울의 바다를 뒤집어쓰고
아주 작은 꽃에겐 아주 작은 파도
아주 작은 노래
아주 작은 말
해안도로를 따라
아주 작은 꽃에겐
아주 작은 흰색

길 끝의 소녀들
쓰러졌다 일어서면 흰색

물소파

잠이 들어 출렁인다 잠이 들지 않도록 출렁인다
낡은 것도 모르고 출렁이다 낡은 것도 안고 출렁이다
비가 오고 소파는 뚱뚱해지고 출렁인다
나는 눈을 감고 뚱뚱해지고
소파가 있을 자리에 소파가 보이지 않고
나는 꿈의 흔적만 찾는다
소파를 내놓고 소파를 다시 들이고
꿈은 너무 가볍다
아플 때는 아무것도 쓸 수 없지만
정말 아플 때는 물소파를 쓸 수 있다
누워서 어디까지 갈 수 있을까
출렁이고 문틈은 파랗다
달이 들여보내는 바다
쓸 때보다 지울 때 출렁인다
그래서 다음 문장은 꿈에 가깝고
하지만 달이 멀어지고 출렁이고
손끝에서 바다가 마르고
출렁이고

나의 집은 어디인가

바람 아래쪽
구두가 쑥 빠져 들어간
오늘 나의 집은 구덩이

맨홀 위를 걷고 지하도를 건넌 구두가
바람과 함께 머리 위에 있었다

몸을 둥글게 말고 눈을 뜨면
우리들의 구덩이
겹쳐 있지만 서로 닿지 않는 구덩이
닿을 수 없는 말 구덩이
함께 출구가 없었고
함께 달을 바라보았다
눈을 다시 뜨면
물과 구두가 움직였다
눈을 다시 뜨면
달을 따라
물과 눈빛이 움직였다
눈물이 달렸다

우리들의 말은 그렇게
어둠이 더 끼어들고 난 뒤에도
푸른 구덩이
바람 왼쪽
날개가 생겨나는
오늘 당신의 가벼운 집

난간에 새가 앉았다

맨 아래층과 맨 위층이 모두 낭떠러지인 밤

말과 달이 움직였다

안희연

불씨 외

1986년 경기도 성남 출생. 2012년 『창작과비평』 등단.
시집 『너의 슬픔이 끼어들 때』.
〈신동엽문학상〉 수상.

불씨

발파대가 도착한 것은 어제 오후였다 처음 그것은 작고 흔한 돌멩이에 불과했지만 돌멩이에 걸려 넘어지는 사람이 속출하자 예상치 못한 위협을 지니게 되었다

사람들은 돌멩이를 보는 즉시 인적 드문 곳으로 옮겼다 강물에 던졌다는 사람도 있었고 숲이나 동굴에 가져다 버렸다는 사람도 있었다 그것은 무게가 거의 느껴지지 않을 만큼 가벼운 돌이었지만

바로 그 가벼움 때문에 수시로 굴러다녔다 잠시만 한눈을 팔면 이미 걸려 넘어진 뒤였다

사람들은 협의 끝에 발파대를 불렀다 돌멩이를 본 발파대는 황당하다는 눈치였다 고작 이런 돌멩이 하나 때문에 저희를 부르신 겁니까

발파는 식은 죽 먹기였다 그러나 발파가 끝나고 돌아가는 길, 그들은 그들이 부순 것과 똑같은 돌에 걸려 넘어지고 말았다

돌멩이는 하나가 아니었다 불안은 동심원처럼 퍼져나갔다 돌 하나를 부수기가 무섭게 다시 돌 하나를 내려놓는 손이 있다면

　사람들은 적의에 차서 닥치는 대로 돌멩이를 부수기 시작했다 무릎이 까지고 신발이 더러워져도 신경 쓰지 않았다 무엇을 위해 부수는지도 모른 채

　그들은 부숴야 할 돌멩이를 찾아 헤맸다 돌 하나를 부수기 위해 집 전체를 부숴야 할 때도 많았지만

　돌멩이가 넘어뜨린 것이 자신의 사랑이고 인생이라고 생각하면 어려울 것이 없었다

거짓을 말한 사람은 없다

우리는 숲을 빠져나가는 중이었다 밧줄이 있었으므로 완전한 공포는 피할 수 있었다 손에 쥘 무언가가 있다는 것 끝을 알 수 없는 절망에 기대어

모든 것이 제자리로 돌아가기를 꿈꾸고 있었다 낮은 낮대로 사방에서 까마귀 떼를 날려 보냈고 밤은 밤대로 파헤쳐진 무덤을 꺼내놓았다 누군가는 그런 기척이라도 있어 다행이라며 글썽거렸고 누군가는 저주받고 있다고 느꼈다

우리가 고양이 목에 방울을 달 순 없을 겁니다 오랜 정적을 깨는 목소리가 있었다 밧줄은 두 갈래로 갈라졌다 몇몇은 동의의 의미로 갈라져 나온 밧줄을 잡았고

목적지가 같다면 만날 수 있겠지, 짧은 인사를 끝으로 멀어져 갔다

무리는 점차 줄어들었다 밧줄이 갈라질 때마다 밧줄의 힘도 나날이 강력해져갔다 손안에서 가루가 되어 바스러질 때도, 뱀으로 변해 팔다리를 휘감을 때도 있었다 이곳은 아까 그 길이 아닙니까

밧줄을 버리고 달아나도

　숲은 영원히 도착을 몰랐다 무덤을 파헤치던 사람들은 수시로 까마귀가 되어 날아올랐다 "어떤 마음이 이 숲을 만들었을까" 중얼거리며

　멀리서 이 모든 것을 내려다보는 사람이 있었다 슬픔으로 파르르 떨리는 그의 손엔 사슬 같은 밧줄이 쥐어져 있었다

전망

검은 개가 혀를 빼물고 죽어 있는 골목에서 한 사람이 길을 잃
는다
두 사람이 서로의 얼굴에서 악마를 볼 때 나무의 척추가 부러
진다
빗소리는 세 사람을 옥상으로 데려가 죽음이 보낸 초대장을 읽
어준다

그리고
나는 저 문장들을 이해할 수 없다

그저 씨앗 하나를 심었을 뿐인데
벌어진 일들

사람들은 내가 괴물을 길렀다고 했다
이 모든 게 나의 손끝에서 시작된 일이었다고

제자리로 돌려놓을 수 없다면
제발 자신을 죽여달라며 각목을 내미는 노인도 있었다
아이들은 몰래 담장을 넘어와 화단의 모든 싹을 짓밟고 달아

났다

어떤 눈빛이었을까
네 사람이 절름발이 개를 사정없이 걷어찰 때 다섯 사람의 집이
태풍에 날아가고
여섯 사람이 불 속에 갇힐 때 창고 문을 걸어 잠그며 들려오는
웃음소리

그 씨앗은 나의 마음속에 있다

얼굴을 보여준 적 없는 거울 앞에서
심장에 악의가 스미는 속도를 측정하는 일

씨앗에서 괴물까지의 거리를 오가며
나를 망가뜨리려는 여름과 싸우고 있다

소동

밀가루를 뒤집어쓰고 거리로 나왔다
슬픔을 보이는 것으로 만들려고

어제는 우산을 가방에 숨긴 채 비를 맞았지
빗속에서도 뭉개지거나 녹지 않는 사람이라는 것을 말하려고
퉁퉁 부은 발이 장화 밖으로 흘러넘쳐도
내게 안부를 묻는 사람은 없다

비밀을 들키기 위해 버스에 노트를 두고 내린 날
초인종이 고장 나지 않았다는 것을 말하기 위해
자정 넘어 벽에 못을 박던 날에도

시소는 기울어져 있다
혼자는 불가능하다고 말한다

나는 지워진 사람
누군가 썩은 씨앗을 심은 것이 틀림없다
아름다워지려던 계획은 무산되었지만
어긋나도 자라고 있다는 사실

기침할 때마다 흰 가루가 폴폴 날린다
이것 봐요 내 영혼의 색깔과 감촉
만질 수 있어요 여기 있어요

긴 정적만이 다정하다
다 그만둬버릴까? 중얼거리자
젖은 개가 눈앞에서 몸을 턴다
사방으로 튀어 오르는 물방울들

저 개는 살아 있다고 말하기 위해
제 발로 흙탕물 속으로 걸어 들어가길 즐긴다

그의 작은 개는 너무 작아서

어느 날 문득 그의 삶에 끼어들었다
여름이었고
한쪽 눈이 충혈된 채로 그의 더러운 신발을 핥고 있었다

그는 그날의 첫 만남을 총성에 비유했다
불현듯 작은 개를 끌어안고
이전과 같은 길을 걸어 집으로 돌아왔으나
심장을 뚫고 지나간 것이 있기 때문에
그 길은 길의 바깥이 되었다
못이 벽을 파고들듯이
회전하는 여름이었다

그러나 여름은 상하기 좋은 계절이기도 했다
한 존재를 끌어안고 너무 깊이 와버렸기 때문에
자신이 끌어안은 것이 무엇인지도 모른 채
이대로라면 행복하다고 충분하다고 여겼기 때문에

개의 한쪽 눈은 붉음을 지나 검어지고
급기야 죽음의 손에 끌려가버리고 말았다

그는 개와 함께한 날들의 몇 곱절을 지나 살아남았고
거의 모든 기억을 잃었으며
오직 도래라는 말만을 읽고 쓸 줄 알게 되었다
그는 그 말이 둥글고 따스한 알 같다고 생각한다
기다리면 껍질을 깨고
무언가 태어날 것 같은 말

그의 작은 개는 너무 커서
그의 하늘을 뒤덮고 있다
그의 슬픈 눈망울을 완성하려고
태양은 종종 등을 돌려 얼굴을 가린다

반려조 伴侶鳥

그는 어느 날 문득 새를 기르겠다는 결심을 했다

산책길에서 만난 새 한 마리가
죽은 아내처럼 보였기 때문이다

그 새는 그를 계속 따라왔고
그의 주변을 오래도록 배회했으며
당신이야? 물었을 땐
까악 까아악 하고 울었다

새의 종은 알 수 없었으나 대체로 흰빛을 띠고 있었고
발목 부근에는 검은 반점이 있었는데
그것은 아내의 발목에 있던 흉터를 떠오르게 했다

그날 이후 그는 매일 그곳에 가서 새를 기다렸다
기다리는 새는 오지 않았지만
새의 먹이를 잘게 잘라 접시 위에 올려놓거나
물그릇을 만들어주는 일을 하다 보면
하루하루 시간이 잘 갔다 계절이 바뀌어 있을 때도 있었다

그러나 그는 종종 절망에 사로잡혔다
하루는 비슷한 새를 구하러 나서기도 했다
모란앵무, 금화조, 카나리아, 자코뱅
상점 유리창 너머, 주인을 기다리는 알록달록한 새들을 바라봤
지만
어느 것도 그 새는 아니었다 어떤 것도 그 새는 될 수 없었다

대신 그는 새와 관련된 모든 책을 읽었다
그는 새에 관한 모든 것을 알았고 새에 관한 일이라면
누구나 그에게 자문을 구했다
그의 집 어디에도 새는 없었지만
그가 새를 기르지 않는다고 생각하는 사람은 없었다

오늘도 그는 새를 기다리러 간다
그의 새장은 아직 비어 있고
아직 오지 않은 것은 영영 오지 않는다는 것만 제외하면
모든 것이 완벽하다

슈톨렌
—현진에게

"건강을 조심하라기에 몸에 좋다는 건 다 찾아 먹였는데
밖에 나가서 그렇게 죽어 올 줄 어떻게 알았겠니."
너는 빵*을 먹으며 죽음을 이야기한다
입가에 잔뜩 설탕을 묻히고
맛있다는 말을 후렴구처럼 반복하며

사실은 압정 같은 기억, 찔리면 찔끔 피가 나는
그러나 아픈 기억이라고 해서 아프게만 말할 필요는 없다
퍼즐 한 조각만큼의 무게로 죽음을 이야기할 수 있다
그런 퍼즐 조각을 수천수만 개 가졌더라도

얼마든지 겨울을 사랑할 수 있다
너는 장갑도 없이 뛰쳐나가 신이 나서 눈사람을 만든다
손이 벌겋게 얼고 사람의 형상이 완성된 뒤에야 깨닫는다
네 그리움이 무엇을 만들었는지

보고 싶었다고 말하려다가
있는 힘껏 돌을 던지고 돌아오는 마음이 있다

아니야, 나는 기다림을 사랑해
이름 모를 풀들이 무성하게 자라는 마당을 사랑해
밥 달라고 찾아와 서성이는 하얀 고양이들을
혼자이기엔 너무 큰 집에서
병든 개와 함께 살아가는 삶을

펑펑 울고 난 뒤엔 빵을 잘라 먹으면 되는 것
슬픔의 양에 비하면 빵은 아직 충분하다는 것

너의 입가엔 언제나 설탕이 묻어 있다
아닌 척 시치미를 떼도 내게는 눈물 자국이 보인다
물크러진 시간은 잼으로 만들면 된다
약한 불에서 오래오래 기억을 졸이면 얼마든 달콤해질 수 있다

* 슈톨렌. 크리스마스를 기다리며 매주 한 조각씩 잘라 먹는 기다림의 빵.

유계영

봄꿈 외

1985년 인천 출생.
2010년 『현대문학』 등단.
시집 『온갖 것들의 낮』.

봄꿈

온종일 털었는데 네 개의 지갑은 모두 비어 있다
나는 꿈속에서 허탕만 치는 소매치기였으나
아무도 없는 무대에 올라 개망초처럼 흥겨웠다
빈 주머니들은 더 가벼워졌겠지
왼손과 오른손을 꽉 묶고 차분히 잠들겠지

겨울에 떠난 것들이 겨울로 돌아오지 않는 것을
뭐라고 불러줄까 생각하면서
낡은 것은 새것으로 새것은 낡아가고
모르는 것은 아는 것으로 아는 것을 모르게 되고
봄에도 그러겠지

장발장은 빵만 훔쳤는데 왜 19년을 갇혀요?
은촛대를 훔쳤을 땐 왜 용서받아요?
선생님은 왜 아무것도 몰라요?
나는 떠들지 말라고 말해주었다
손잡이가 떨어진 채로 들썩거리는 주전자들아

멀리 바람으로 날아갈 수 있는 죽음이 있다고 믿는

삶의 아둔한 속도로는
집오리 같은 시간 속을 영영 뒤뚱거리게 될 것
살아서 다시는 만나지 말자고
웃는 낯으로 침을 뱉고 돌아서는 사람들

눈에서 태어난 것들이 눈으로 죽으러 돌아와
사흘 내 잠만 자다 나가는 것을 두고
슬픔이라고 부르는 것처럼
모르는 것은 끝까지 몰라두거라
어른 같은 아이는 귀엽지가 않으니

왼손잡이의 노래

*

귀신에게
나고 자란 골목이란 삐뚤어진 어깨선
양팔 간격 좌우로 나란히
우리는 우측으로 들어왔습니다만
우측으로 나가지는 않습니다만
좌측이 있다는 것은 몰랐습니다

꼼꼼히 풀칠한 편지 봉투를 찢듯 한밤중에는,

골목의 모서리를 찢어발기며 즐거웠다
몇 번 죽어본 자들도 제 머리를 바닥에 내던지며 튀기고 놀았다
어린 귀신들은 골목의 양팔에 매달려 소원을 빌었다
나를 무겁게 나를 살찌우게
더 이상 사라지지 않게
해주세요

*

밤새도록 빌면서 꾸벅꾸벅 졸았다
졸고 있는 어린 귀신의 머리를 내 어깨에 뉘었다
그러자 어린 귀신이 매섭게 쏘아보고는
너는 늙어서 내가 될 것이다 그러나
모두 잠든 밤에는 울지 말기를
아무도 듣고 있지 않으니

*

날이 밝자마자 늙은 여자가 흰색 러닝셔츠 차림으로 나와
화단을 들여다보며 중얼거렸다
이 꽃은 제라늄…… 이 꽃은 제라늄……

주정뱅이들이 쑤셔 박은 담배꽁초들을 그대로 두고
머리카락이 더욱 희어진 채로
골목의 바깥으로 사라져갔다
슬리퍼 끄는 소리가 한참 동안 울리다가

뚝 끊기는 순간

*

이상한 일이다
죽은 이에게 산 자의 취향대로 고른 티셔츠와
스웨터와 점퍼와 코트를 입혀두는 것은
이 많은 빨랫감을 가지고 죽는다는 것은
저승이 이승보다 춥다는 오류는

춤

엄마는 육십 살이 되면서부터 무엇이든 열심히 먹었다 그리고

파도가 치지 않는 해변의 날카로운
모래들은 무엇이든 잘게 씹었다 파도가
오지 않는 데에는 이런 이유가 있다

어제는 김 씨가 죽었으니까
오늘은 황 씨가 죽을 줄 알았다

밤의 냉장고 앞에 쪼그리고 앉은 어린이가
열 손가락에 딸기잼을 찍어 펼쳐 보인다 어떤
손가락부터 빨까요 누나

어둠 속에서
혼자 환한 냉장고 앞에서

창밖으로 소방차
소방차 소방차 소방차 지나가는 소리를 듣는다
구급차가 그 뒤를 따라간다

죽는 게 왜 무서워? 하고 물었던 친구와는 볼 수가 없다
안 살 거면 만지지 마라 했던 문방구 주인은 볼 수가 없다
볼펜 진열대 앞에서 잡고 있던 손을 동시에 놓았던 일

사이렌 소리 멀어져갈 때

신발을 신은 개가 앞발 뒷발을 번쩍번쩍 들어 올리며 지나간다
아주 뜨거운
아주 차가운
것을 밟는다는 듯이

입가에 딸기잼을 잔뜩 묻힌 어린이가
남은 손가락들을 물끄러미 바라본다

맛

핥고 싶냐고
화면 속 여배우의 희게 빛나는 치아들 중
하나만 누런 송곳니

탁자 위에는 사과 벌레가 축축한 이불 밖으로 종아리를 뻗는다
태어나보니 사과 속인 것

잠의 호두 껍데기를 부수고 깨어나 오줌을 눈 다음
손까지 씻고 다시 잠드는 사람처럼
꿈이 기성품*인 것

4인 가구의 칫솔이 네 가지 색깔이듯
1인 가구의 칫솔도 어제와 침 섞지 않는데

통조림 속에서 미래의 혀가
미래에는 미래의 맛이 있다고

나는 벼룩을 입에 문 복잡한 심경으로
그것을 기다렸다

마침내 사과를 탈출한 사과 벌레는
모자도 쓰고 있지 않았고 웃지도 않았다

조금 갸웃거리다 다시 사과 속으로
파고들었다

* 크리스 마르케, 「아름다운 5월」

자유로

토지는 둥급니까 각졌습니까 흙입니까 아스팔트입니까 무엇이면 어떻습니까 땅바닥에 꽃다발이 놓여 있으면 슬픈 것입니까 짐작합니까 상상합니까 두리번거립니까 어린애 손등에 판박이 스티커가 갈라져 있는 것을 본다면 어떻습니까 하트가 십육 등분 되어 있을 때 다행입니까 꽃돼지가 삼십 등분 되어 있을 때 맛있습니까 어차피 슬픈 것입니까 모르는 사람이 보낸 퀵서비스처럼 온종일 그것만을 생각합니까 꿈의 절취선을 오리러 온 오토바이에는 누가 타고 있었습니까

여고생의 책상 위로 얼떨결에 불려 나온 유령의 맨발은
사인死因을 기억합니까 낮밤으로 황천에 발 씻고
흰 이불을 이마까지 끌어다 덮듯이
다시 죽습니까 잠꼬대하듯이 이승을
다시 중얼거릴 때 있습니까

그곳에도 일요일 오전부터 결혼하는 망자들이 있습니까 검은 예복을 갖춘 자들이 스무 명 이상 모이는 자리마다 빽빽거리는 어린애 두세 명쯤 오고 그럽니까 흔들리는 이빨에 명주실을 매달고 뛰어다닙니까 흰 선분들은 아름답게 엉킵니까

이렇게 긴 오늘은 처음입니다

아코디언

착하고 외롭게 산 사람들만 불러들여 천국을 건설하겠다는 아
이디어는 착하고 외로운 사람의 것이었을까 빌라와 빌라 사이에
의자를 내어놓고 앉아
빌라와 빌라 사이를 벌리는

외로운 노인이 흔해빠진 골목
늘어난 러닝셔츠를 누렇게 적시면서

곧 녹아내릴 눈사람을 생각하는 겨울보다
아직 태어나지 않은 주물공을 생각하는 여름이 좋았다

배꼽까지 빨간 아직은 예쁜 것
풍선을 쥐고 지나가는 예쁘고 어린 것

바람이 불었다 날아가는 붉은색 풍선을
날아가게 두었다 쌓아 올린 돌들이 와르륵 무너지면
다시 공들일 것이다 바람일 뿐이므로
움켜쥔 손가락을 하나하나 펼치는 것이
바람의 일이므로

멀리서 한 사람이 걷고 있다
다가오는 것인지 멀어지는 것인지
알 길도 없이 오래도록 제자리에서

두 개의 허파가 천천히 부푸는 것을 느끼면서

진술서

둘러앉았다 빛의 말뚝에 묶인 흑염소처럼
그 시각 공터는 피둥피둥 굴러가고 있었겠지만
과도를 든 태양이 자신의 허리를 돌려 깎는 중이었겠지만
우리는 아무것도 몰랐다

주머니 속의 푸른 자두가 붉은 과즙을 흘릴 때까지
어둡기를 주저하지 않았다
아무것도 몰라서

누군가 웃었던 것 같은데
큰곰자리와 작은곰자리를 이어
죽음을 푹푹 퍼 올린 것 같은데

둘 셋 넷 혹은
다섯부터 열까지도 사랑하는 게
우리의 내력이니까
단 하나의 비스킷에 모여든 불개미들처럼
단 하나의 공포밖에 몰랐으니까

둘러앉았다
존중할 수 없는 것들을 존중하면서
충분히 곤란해하면서
표범의 송곳니처럼 성큼 다가오는 웃음도 섞였던 것 같다

ㅎㅎㅎ
우는소리로 웃지 말라고
좀

우리 중 하나가 그런 말을 했던 것 같다

어디든 나가볼까
우리 중 하나 죽어 나갈지 모르겠지만
태양은 자신의 허리를 길게 길게 돌려 깎는 중이겠지만
공터의 빛은 끊어질 리 없겠지만

화병에 꽂힌 해바라기를 자세히 들여다보다가
우리 중 하나 코를 박고 쿵쿵 냄새 맡았던 것 같다

빛의 기둥에 묶인 순한 염소들

이거 아직 살아 있을까
다 듣고 있을까

냄새가 피어올랐다

이영주

유리 공장 외

1974년 서울 출생.
2000년 『문학동네』 등단.
시집 『108번째 사내』 『언니에게』 『차가운 사탕들』.

유리 공장

너는 늙고 어려운 마음. 나는 아무것도 모르지. 너는 유럽식 모자를 쓰고 서 있다. 어두운 굴뚝 위에서 피어오르는 구름처럼.

너는 먼 곳을 걷다가 얼음 속에 갇힌 적이 있다. 깨끗했고 추웠지. 너는 모자를 고쳐 쓰며 말한다. 그때 나이를 잃었나. 부정否定을 잃었나. 끈끈한 어둠도 갇혔지. 죽지 않는 소년이고 싶어서 말이지.

나는 유럽식 찬장에서 너를 보고 있다. 불에 구워졌다가 빠져나온 딱딱한 얼룩처럼. 무력한 곰팡이처럼.

유리 안에 갇힌 나를 보며 너는 웃는다.

뛰어난 유리 제조공이었네. 가까이 다가가지 못하도록 불투명한 유리를 끼워놓은 자. 먼 곳을 돌아와 그릇처럼 조용히 시간을 쌓아놓은 자. 유리 제조공은 말했지. 불순물은 닦아낼수록 깊어진다니 너무 깨끗하게 닦지 마시오. 더께가 쌓이면 유리는 복잡하고 아름다운 무늬를 빛는다고 한다.

너는 모자를 벗으며 유리 안을 본다. 얼음 속에서 죽지 않는 소년을 제조하고 싶었지. 너는 사라지는 표정을 들여다본다.

나는 아무것도 모르지. 수건으로 유리 찬장을 닦는 어렵고 긴 마음. 매번 실패하는 것은 나이를 가둬서인가 부정을 버려서인가. 무늬로 뒤덮인 불멸의 강화 유리가 되고 싶었지.

너는 굴뚝을 향해 걸어간다. 얼음에 갇혀 무엇을 잃었나. 흰 구름, 흰 얼룩, 흰 머리, 흰 이빨…… 너는 희미한 목소리로 중얼거리다 말고 굴뚝 사이로 빠져나간다.

나는 늙은이처럼 천천히 아주 천천히 흰 포자를 퍼뜨린다. 이제 소년은 살아나고 집으로 돌아올 것이고 그렇게 흰 소년은 살아 있기만 할 것인데 이것은 유리의 마음이 될 것인데

낭만적인 자리

그는 소파에 앉아 있다. 길고 아름다운 다리를 접고 있다. 나는 가만히 본다. 나는 서 있고. 이곳은 지하인가. 너무 오래 앉아 있어서 그는 지하가 되었다. 어두우면 따뜻하게 느껴진다. 어둠이 동그란 형태라고 생각한 적이 있다. 그것을 깨려면 서야 한다. 나는 귀퉁이에 서 있다. 형태를 만져볼 수 있을까. 나는 공기 중에 서 있다. 동그란 귓속에서 돌이 빠져나온다. 나는 어지럽게 서 있다. 지하를 지탱하는 힘. 그는 아름다운 자신의 다리를 자꾸만 부순다. 앉아서. 일어날 수가 없잖아. 다리에서 돌이 빠져나온다. 우리는 십 년 만에 만났지. 그는 걷다가 돌아왔다. 걸어서 마지막으로 도착한 귀퉁이에 내가 앉아 있었다. 이곳은 얼마나 걸어야 만날 수 있는 거지. 그의 다리에서 생생한 안개가 피어오른다. 그가 뿌린 흙 위에 나는 서 있다. 이곳은 익숙하고 정겨운 냄새가 난다. 잠깐 동안 그는 앉아 있었는데, 동그랗게 어두워지는 자리였다. 내가 어지러워 돌처럼 흘러나가는 자리. 소파에 앉아서 그는 흩어진 잔해들을 본다. 아무리 오래 걸어도 집이라는 집은 없다. 고향이 없어서 우리는 모든 것을 바치지.

숙련공

기계음이 퍼져나간다.
밤이면 더욱 먼 곳까지.

소년이 있다.
사람이 되려면 조금 더 자라야 하는 괴물이라고
서로의 침과 피를 주고받는
밤의 빛.

폐공장은 문을 닫았지만 그런 것은 상관없지. 어차피 기계는 멈
추었고 머리를 뚫고 퍼져나가는 음악은 끝나지 않거든. 소년은 발
밑에 엎드린 아픈 개를 보고 있다. 개는 힘차게 죽은 음악에 따라
떨고 있다. 우린 모두 갈 데가 없구나. 바퀴처럼 밑에서 굴러가기만
원했는데도. 아무리 굴러가도 절벽이지만. 그래도 벌벌 떨 수가 있
었는데. 우리는 모두 멈추었구나. 그런 것은 아무래도 상관없지만

라이터를 켰다 껐다, 밤의 유일한 빛.
소년이

용접은 필요 없어서 가면도 벗어버렸지. 혹시 죽고 싶다면 이야

기해. 개가 짖는다. 민얼굴로 웃으며 빛이 나는 밤에는 모든 것이 멈추니까. 폐공장은 부서진 담벼락이 많으니 머물기 좋지. 어둠과 구분되지 않는 창문 안에서 개와 소년이 춤을 추고 있다. 이렇게 굴러가보자. 기계음이 울고, 끝나지 않는다면 조금 더 자랄 수 있을 거야. 검은 머리통을 뚫고 터지는 음악을 따라가보자. 개처럼 절벽에서 굴러떨어진다면

어둠 밖에 어른들이 모여 있다.
어른들은 늘 모여 있고

사람이 되려면 조금 더 죽어야 하는 괴물이라고

소년은 절벽에 홀로 남아 있다.

개와 나

너는 욕조에 있다. 개의 배를 지그시 누른다. 모두 다 망했으면 좋겠어. 그런 말을 하는 너는 순한 표정. 배탈 난 아이를 보살피듯 개의 뱃가죽을 천천히 문지른다. 그럼 우리 모두 아프기 전에 사라지지. 개는 마지막 숨을 헐떡이고 있다. 그럴까. 모두가 그럴까. 너는 더 천천히 개의 배 속으로 들어간다.

닦아낼수록 더욱 붉어진다. 얼룩이 남았다. 네가 남긴 것인데. 이 뜨거움을 어쩌지. 나는 욕조에 담겨 너처럼 눈을 감아본다. 눈을 감자 한 번도 보지 못한 곳. 모두 망한 건가? 처음부터 끝까지 나는 걸어보지만

이걸 꿈속이라고 해야 하나. 오랜 시간 흰 노트 위에 너는 토했지. 개처럼. 울음소리.

너는 풍경을 벗어난다. 학교 공구실에서 치마가 벗겨지고 홀로 남았는데. 너무 추워서 달리기 시작했는데. 풍경 안쪽에서 불빛이 흘러나온다. 개의 머리를 뒤집어쓰고 너는 달린다. 사람처럼 달린다. 밤의 깊은 웅덩이를 건너가는 개의 머리들. 그가 공구실로 잡아끌 때 아무도 보지 못했지만, 누군가 봐주길 바랐지. 이걸 꿈 바

끝이라고 해야 하나. 달리다가 사라진 너는 털옷을 입고 있는 사람
처럼 돌아와 내게 썼지. 나의 신화는 끝났어. 너무 춥고 슬퍼서 나
를 지워버렸지.

밤의 깊은 난간

나는 엎드려서 짖는다.
너의 편지에 침을 뚝뚝 떨어뜨리며.
죽은 개
털처럼 보슬보슬하게 만져지는 내 심장은

순간과 영원

너는 나를 보고 있다 전봇대에 기대어
나는 흐른다 전선 사이로

너는 불을 쥐고 있다 건조한 사막에서 죽지 못한 나무로 살아본 전력이 있다고 그곳에서도 이곳에서도 목이 너무 마르다고 너는 조금씩 입안에서 불을 흘리고 있다 깊어지는 모든 것 때문에 목이 마르다

붉은 흙에 뿌리를 박고 영원을 떠올리면서 너는 마르도록 울었다고 했다 바싹하게 부서져도 잠깐일 뿐 울 때마다 재가 떨어진다는 것 이것은 꿈일 뿐이야 전봇대를 끌어안고 너는 꿈속으로 불꽃처럼 걸어 들어갔을 뿐

너는 수천 년을 굶고 타다 남은 나무처럼 무서운데
내 영혼은 물만 흐른다니

나는 이미 살아본 전력이 없고 죽어본 전력도 없이 흐르기만 해
시작이 없으므로 끝도 없이 아무 무서움 없이

물결처럼 두통이 흐르고 나는 습지에 내던져져 있다 두 주먹 꽉
쥐고 싶지만 자꾸만 흐르는 물 나를 봐 우는 소리가 모여들어 썩어
가는 냄새가 난다

여름만 있는 계절에 네가 왔다
불탄 얼굴로 왔다

우리는 공터에서 마주 보고 있지
폐허가 된 서로를 더듬으며

내가 빠져나가며 흐를 동안
너는 나에게 목이 마른 나무
꿈에서 걸어 나와 불타오르는 나무

너무 가까워서 때로는 혼동되는 너와 나
서로를 물들이며 파괴하고 싶은 너와 나

불탄 자리가 젖어 있다
의자가 놓여 있다

소년의 기후

　침묵 속에서 나오지 못하는 것들을 자연스럽게 여기는 일은 여기가 폐허이기 때문일지도 몰라. 모두가 둥둥 떠다니고 있기 때문인지도 몰라. 가만히 서로를 들여다보면 모든 구름들이 물결처럼 흘러가서 차가워지는 기후가 전부라는 것. 체육복을 벗고 물이 뚝뚝 떨어질 때마다 소년은 팔을 비틀어본다. 물에서 물로 떨어지는 일상은 정말 축축하구나. 소년은 구름처럼 머리가 부푸는 현장이다. 말없이 언젠가 터질지 모르지만 소년은 밤마다 언덕에 올라가 하늘에 가까워지는 법을 생각한다. 잠시 머리를 들고 공중을 만져보는 것. 아무리 생각해도 슬퍼지는 일들밖에 떠오르질 않네. 소년은 이 폐허에서, 라고 쓴 일기의 첫 구절을 버리지 못한다. 일기장을 손에 꽉 쥐고 있다. 곤죽이 되어 빠져나가는 종이들. 아무리 꽉 쥐어도 무늬만 남겨진다. 그 이후 소년은 말을 잃었다. 뇌에 물이 차서 그런가. 너무나 많은 이름들이 서로를 부르고 있다. 받아 적을 때마다 물에 흐려지니 이제는 무늬조차 남지 않는구나. 소년의 잉크는 투명하게 흘러간다. 쓸 수가 없어. 잉크병에 금이 가 있어. 자꾸만 무엇인가 빠져나가네. 침묵 속에서는 흐르는 소리만 들린다. 흩어지는 구름들. 뼈가 비친다. 이것도 젖어 있어. 소년은 뼈를 벗고 물이 뚝뚝 떨어지는 언덕 아래를 내려다본다. 비 오기 직전, 매번 구름이 드리워진 불완전한 폐허는 이렇게나 당연하구나. 소년은 한 번도 햇빛 아래 몸을 말린 적이 없다. 천천히 뼈가 흐트러졌지. 이렇게 물속에 있다가는 뼈 전체가 부서지고 말겁니다. 의사는 폐허의 빛 속으로 걸어 들어가길 권유한다. 어떤 끔찍한 일이 닥쳐도 뼈는 보존할 수 있습니다. 그렇게 햇빛 속에서 자라야 한다는데, 소년은 말이 없다. 소년은 자라다 만 자신을 벗는다. 구름이 가득한 공중을 벗는다. 죽기 전에는 영혼에 대해 느낀 적이 없었는데. 소년이 탄 배는 영원히 폐허를 헤치고 나아가지. 뼈를 잃고 소년은 구름처럼 부풀어 일기를 쓴다. 완성할 수 있을까? 자신에 대해 쓰는 것은 정말 비참하구나. 이 폐허는 물로 가득 차 있으니. 물속을 들여다보면 아무것도 없다. 그게 영혼일까. 소년은 이제야 영혼을 벗고 자신의 방으로 돌아간다. 그곳에는 다음 폐허로 흘러갈 구름들이 모여 있다.

독서회

　읽을 수 없는 문장처럼 생긴 것들이 가득해. 그녀는 망토를 벗었다. 눈이 보이지 않았다. 그때 나는 손에 든 책을 술집 바닥에 집어 던지고 발로 밟고 있었다. 고통받지 말자. 읽고 토하자. 그녀는 곧 튀어나올 부호처럼 웃으며 내 발을 만졌다. 이렇게 엄지발가락이 튀어 오르니 맨발로 읽어야지. 발바닥에서 연기가 피어올랐다. 그 나라에 가보지 않고 그 나라의 불을 피우는 예언자처럼 모든 글자가 타올랐다. 나는 술집 바닥에서 조금씩 커져가는 불길이 되는 중이었다. 형태가 없는 것도 녹아서 재가 될 수 있구나. 아무리 불타올라도 차가운 발이 따뜻해지지 않았다. 깊이 들어가면 뭐가 있을까. 불길 한가운데 가장 깊은 어둠 속에 담겨 있는 투명한 얼음. 그 나라에는 얼음으로 불길을 퍼뜨리고 쓰다 만 문장들이 후드득 떨어진대. 울음의 시작일지도 모르지. 그녀가 아무것도 보이지 않는 눈을 비비자 술집의 모든 울음들이 테이블에서 타올랐다. 누군가 그녀의 발을 잡고 엎드렸다. 이것은 어떤 이의 몸의 조각인가. 도끼가 필요해. 그을린 짐승들이 몸을 뒤틀었다. 아무도 가본 적 없는 외딴 곳. 그 나라로 천천히 걸어 들어갔다.

정한아

어떤 봉인 외

1975년 울산 출생.
2006년『현대시』등단.
시집『어른스런 입맞춤』.

어떤 봉인

그때 너는 눈꺼풀을 닫았지
그러자 세계 전체가 일순 물러났다

드러나지 않기 위해 너는
하루 섭취 열량의 대부분을 존재하는 데에 쓰고 있구나
존재하기 시작한 순간부터 줄곧 상처 입고 있어서
그 모든 빛과 바람을 복기하거나
묽고 진한 그림자의 엄습을 잊으려 하지만

망각은 언제나 무엇에 대한 망각
충분히 안전한 기분에 도달할 때까지
꼼짝 않고 선 채 눈을 감고 도망 중

도망은 언제나 무엇으로부터의 도망
너는 꿈속에서도 계속 도망하고 있지 않을 수 없었지

미모사. 건드려진 속눈썹처럼 바람만 불어도 곧 울 것 같은
미모사. 가장 다정한 햇살의 가벼운 입맞춤에도 혼절하는
미모사. 봉인의 속도가 존재를 대체해버린

미모사. 모든 감각이 통각인

미모사. 말할 수 없는 고통은 말하지 않을

간밤, 안개 구간을 지날 때

너무 좋아서 차마 들을 수 없는 노래. 다 들어버리고 나면 삶이 지나치게 비루해져버릴 거라. 모든 좋은 노래는 이곳에서 났으나 이곳 아닌 곳에 우리를 데려다 놓고, 이곳 아닌 곳이 노래 속에만 있을 것이라 믿으므로 우리는, 이 곡을 듣고 나면 미쳐버리는 거라. 올라갈 수 없는 높은 산에서 눈을 뜨는 거라. 그러나 그 곡이 끝나고 나면, 비루한 삶이 그리워 우는 거라. 이곳이 아닌 곳이 너무 추워 우는 거라. 눈 감은 채 고양된 황홀은 추락의 느낌과 너무나 흡사하고, 높이는 깊이와 같아지고, 지옥은 지극히 권태로운 곳이 될 거라. 천국과 뫼비우스의 띠로 이어져 있을 거라. 너무 좋아서 차마 다 들을 수 없는 곡을 들을 때, 듣다가 꺼버릴 때, 우리는 우리가 지옥에서 돌아왔는지, 천국에서 쫓겨났는지 분간할 수 없고, 혹은 유일하게 진짜인 우리의 삶으로부터 지옥이며 천국인 이곳으로 돌아왔는지 알 수 없는 거라. 너무 좋아서 견딜 수 없는 곡은 하나의 지극한 生. 누구의 것도 아닌, 하지만 귀 기울일 때에는 온전히 자기 자신인 지독한 生. 우리는 전생으로 나아간다. 혹은 사후로 돌아간다. 혹은 전생이며 사후인 어떤 이방에서 귀환한다. 뜨거운 돌을 쥐고. 모든 일은 지금 일어난다.

다음날

꿈속에서 누군가
사랑하는 아름다운 일을 미워하지 않기 위해서,
라고 말하는 것을 들었다
화분에 물을 주었다

거리에 나서면
모두들 자기의 아이스크림을 빨고 있는 일요일

간밤에 일어난 일을 믿어도 되겠습니까?

신을 끌고 걸어가는 사람
여러분의 할머니보다 여러분에게 더욱 더
신이 필요하다고 절규하는 사람
그가 강론을 마치자
고등부 학생 세 명이 동시에 하품을 했지만

그리스인들은
죽은 자를
괴로워하기를 그친 자들이라 불렀다지만

틱을 앓는 사제가 고통을 참으며
온몸으로 내뿜고 있는 평화의 인사

쉴 새 없이 흔들리는 그가 심겨져 있는
그의 무겁고 따뜻한 신

(단독) 아마도, 울프 씨?

Weekly Fang's Korea 정한아 기자 기사 최종 입력 2017-06-12 20:44

외제차에서 골프채만 전문적으로 훔치는 절도범이 검거되었다 경찰과 취재진이 그의 아파트를 덮쳤을 때, 반바지 차림의 그는 막 부르스타에 해피라면을 끓여 한 젓가락 뜨고 있는 중이었다 그의 집은 바닥부터 천장 아래 약 30센티 지점까지 골프채가 가득 쌓여 있었고, 화장실과 부엌으로 가는 길만 겨우 사람 하나 지나갈 만큼 뚫려 있었다

양반다리를 하고 냄비에서 라면을 건져 입에 넣다, 들이닥친 경찰과 눈이 마주친 그는 왼손에 들고 있던 냄비 뚜껑과 오른손에 쥐고 있던 나무젓가락을 내팽개치고 재빨리 골프채 산을 기어 올라간다 면발이 비참하게 흩어진다 그러나 그 위는 천장뿐, 다음 장면에서 그는 점퍼를 머리끝까지 뒤집어쓰고 경찰서에 앉아 있다 주위 담은 라면처럼 퉁퉁 붇고 경황이 없다

왜 그러셨습니까?

4년 전에 갑자기 해고 통지를 받았습니다 마지막으로 퇴근을 하고 나오는데 외제차 한 대가 골프채를 싣고 지나가더군요 그때부터……

그는 훔친 골프채를 하나도 팔지 않았다 카메라는 골프채로 가
득 찬 그의 아파트 창문을 비추며 서서히 줌아웃한다 골프채로 이
루어진 집 안의 인공 산은 그의
　복수의 가시성
　억울함의 물리적 변용
　그는 새벽이면 골프채 산 아래 좁은 마룻바닥에 몸을 누이고 새
우잠을 잤다 그는
　나날의 소소한 승리로 점점 좁아지는 (안 그래도 좁은) 아파트
에서 자존감의 붕괴를 막기 위해 기꺼이 자기의 깡마른 몸을 난해
하게 접어가고 있었다 그는

　훔친 골프채로 골프를 치지 않았다 아무것도
　치지 않았다 아무 데서도
　일인 시위를 하지 않았다 청와대 신문고에
　호소문을 게시하지 않았다 노동위원회에 부당 노동 행위로 사측
을
　제소하지 않았다 노조에
　가입조차 되어 있지 않았다 자활 센터에
　등록하지 않았다 사장 집 현관 옆에서

어둠이 오기를 기다려 꿀밤을 때리고 달아나지도 않았다 중고 외제 골프채를 팔아
중고 외제차를 사지 않았다 욕을
하지 않았다 메롱을 하지도
않았다 시민단체를
찾지 않았다
불법적 행위에 합법적 대처는 너무 불공평한 거 아니냐?
소리치지도 않았다

왜 안 그러셨습니까?

그런 건…… 어떻게 생각해내는 거죠?

세상에는 덜 치명적인 방법으로 복수하고 싶은 억울하고 몹시 내성적인 사람이 얼마든지 있는 것이다

그가 울프 씨의 언제 적 모습인지는 아직 알려지지 않았다

댓글 5   최신순

레지던트2불   방금전

거고 뜨거운 물 맞으면 크루소로 변신한다 그러지 왜 란마처럼 ㅋㅋ
걍 너네도 다 어디 판타지에 나오는 단역이라고 해 X라이들 ㅋㅋ

레지던트2불   2분전

아직도 이상한 사람들 많네 음모론자 X라이들 ㅋㅋ 의사 사망진단보다 미
친놈 일기가 더 믿어진다고라고라? ㅋㅋㅋㅋ 놀구있네 왜 이거 다 그냥 정기
자가 첨부터 끝까지 주작질한거라 그러지 왜 ㅋㅋㅋ 울프가 알고보니 레즈비
언흡혈귀였던

아놔333   24분전   👍6

저 사람 울프 아니고 크루소임. 정확히 말하면 두 사람이 동일인물임. 예
전부터 도플갱어설 있었... 진짜 불쌍한 건 크루소여사랑 울프 동거녀임. 아
진심 이기적인 X끼다... 거지사기꾼이지만 부럽...

모래   38분전   👍2

레지던지2불님 그건 인터뷰 아니고 불법으로 유출된 감청 보고서입니다.

일방적인 주장을 기정사실화하시면 안 돼죠. 근데 솔직히 저 사람이 울프씨면 실망스럽긴 할 듯.

레지던트2불   1시간전   👍 3

뭐냐 이런걸 단독기사라고 또 낚였네 울프가 죽은지가 언젠데 팩트체크도 안하냐 이러니까 기레기 소릴듣지 기자 완전 X라이→울프는 실종된게 아니고 죽은거임 의사인터뷰도 있음ㅋㅋ

PMS

지난밤의 불길한 꿈에 관해서는 쓰지 않겠다
온갖 새로운 소식과
심금을 울린 독서나 흥미로운 정치
발음하기만 해도 우리를 취하게 하는 천사 따위에 관해서도
내일의 내가 읽으면 힘이 빠질까 차마 쓰지 않았던
하지만 나를 너무 자주 방문해서 기를 쓰고 도망해야 했던
모든 가상을 제거한 나의 진심, 어쩌면
이것은 너무 오래 돈 지구의 무의식

젖어서 퉁퉁 분 삼십 년 치 일기의 젖은 부분만 하나하나 찢다가
남겨둘 구절이 하나도 없다는 걸 깨닫고 통째로 쓰레기봉투에
처넣으면서
생각한다, 저 냄새나는 묵은 양말 더미를 나는 왜 평생 지고 다
녔나
젊어 세상을 떠난 존경했던 비평가가
좋은 예술작품은 독자를 고문한다고 썼던 것을 기억하다가, 또
목사가 된 고문 기술자가 설교 시간에
자기 고문 기술이 거의 예술이었다고 떠벌인 것을 기억하면서

점점 더 난해한 시를 쓰면서 해석될까봐 떨고 있는 시인처럼
고통이 윤리의 증거라고 막연히 생각했던
어리석은 날들을 수정해보려고
수정해보려고

앞으로도 누군가는 자기가 가지지 못한 집과 차에 불을 지를 것이다
시가 멸종되고 시의 자랑이었던 광기가 현실 속에서 벌어질 때
우리는
경악할 것이다─시의 실제 용도가 무엇이었는지 한 사람쯤은
깨달으면서
설탕으로 만든 성상에 달라붙은 개미 떼처럼
그럴듯한 범죄자와 멍청이를 향해 절하는 사람은 항시 있을 것
이다
그 모든 현실을 드라마처럼 보고 즐기는 사람도 마찬가지
달콤하고 거룩해 보이는 것은 우리를 환장하게 하지
마구 핥아 먹어서 녹아 사라지고 나면 다른 것에로 달려간다

성상은 여러 형상을 하고 있지만 결국 자기 얼굴과 흡사하다
자기 도덕을 자기에게 증명하려고 끊임없이 혼자 자책하는 사람

—사과하든가 그렇지 않으면 그만 죽어버려라(울프 씨, 당신 말이야, 하긴, 당신은 실종됐지)

자기 미학을 모두에게 증명하려고 끝끝내 아무 가치판단도 하지 않는 달변가

—오늘 점심에 끓인 쇠고기뭇국에서 풍기는 숙주나물 냄새가 열 배는 더 미학적이다

아니, 이런 짓은 바람직하지 않지 팔십 년대처럼

시에 대고 화를 내는 건 어쩐지 졸렬한 일 하지만

오늘은 PMS인걸 마그네슘도 트립토판도 도움이 안 된다, 이를테면

네 시는 너무 장황하구나, 라고 말했던

중학교 때 국어 교사였던 담임의 하얀 망사 스타킹 사이로 숭숭 돋아 있던 검은 다리털—사실 나는 그녀의 비평을 한 번도 바란 적이 없었고 그녀의 교무실 책상 서랍은 항상 열려 있었다

네 시는 발랑 까졌구나, 라고 말했던

고등학교 때 문예반 지도교사의, 귀에 제법 큰 봉합 수술 흉터가 있었던 험한 인생 내력—그는 조는 아이를 발견하면 교탁으로 불

러내어 머리를 교탁에 박게 한 다음 씨익 웃으며 삼십 센티 자로
쇠구슬을 쳐서 머리에 적중시켰는데, 내가 졸업한 뒤 고등학교 때
짝사랑을 만나 가출한 뒤 살림을 차렸다, 나는 왜
　　하얀 망사 스타킹과 검은 다리털과 촌지가 무관하지 않다고 생
각하는 것일까
　　찢어진 귀와 가출과 병적 낭만주의가 한 큐의 삼단 쿠션이라고
생각하는 것일까 이것은
　　편견일 텐데(편견일까?) 오늘
　　압축적인 시를 쓰지 못하게 하는 퉁퉁 불어터진 삼십 년 치 일기와
　　전혀 정치적이지도 미학적이지도 않은 일상의 대부분과
　　오로지 미학적이며 정치적인 나의 작은 서재와
　　춘분 지나 높아진 태양 아래 아직 서늘한 바람 속을 흔들리며
　　돌보아주지 않으면 꽃봉오리가 맺히지 않았을 수국과 카네이션
　　열매가 없는 수국과 카네이션

　　당연한 것은 아무 데도 없으면서 동시에 모든 것이 순리인
　　너무 오래 돈 지구의 무의식―쉬고 싶어
　　하던 대로 하고 있지만 쉬고 싶다 지구는 생리 전이다 내일은
　　어디에서 피가 터질지 모른다 정치도 미학도 위안이 안 된다

꽃들의 달리기,
또는 사랑의 음식은 사랑이니까[*]

꽃들은 태양을 향해 달린다 눈에 띄지 않을 때에만
아주 조금씩 무궁화꽃이 피었습니다, 하면서
개망초꽃이 피었습니다, 하면서 애기똥풀꽃이 피었습니다,
하면서 잔디꽃이 피.피.피.피.피었습니다, 하면서

봄이 깊어가니까 비가 올 때마다 점점 더 푸근해지니까
더러운 하늘 아래에서도 먼지를 뒤집어쓰고도 누구는
형언 불가의 색채에서 임박한 죽음을 읽고
누구는 지난 시절의 광영을 읽고 누구는 영겁
회귀를 읽고 누구는 이유 없는 뜬금없는 희망과
이겨낸 시련을 읽고 또 누구는 무채색의 존재론을 읽지만

꽃들은 그런 것은 모르고 그저 태양을 향해 달린다
씨앗일 때부터 달린다 존재하기 시작하기 시작할 때부터
달린다 모름을 배후로 삼고 달린다 용용 죽겠지 하며
달린다 눈에 띄지 않을 때에만 달린다 최선을 다해
죽어가고 있다는 말은 틀렸다 어차피 사라진다는 말은
오만하다 아무것도 없어지지 않는다 달리기는 계속된다

죽음을 뚫고 사라짐을 뚫고 이 차원과 저 차원을
통과하여 달리기는 달린다 눈을 감으면 시간이
살갗에 스치는 소리가 들려요 너무 느려서
지칠 수 없는 달리기 너무 은근해서
쓰러질 리 없는 달리기

어둡고 더러운 날에도
밝고 더러운 밤에도

아무런 어려운 날에도

아무렴, 어려운 밤에도

* "사랑의 음식이 사랑이라는 것을 알 때까지", 김수영, 「사랑의 변주곡」.

스물하나

꽃은 꺾고 본다
처음 보는 나비는 잡고 본다
해 질 녘
시들어버린 꽃잎을 하나씩 떼어
골목에 무람없이 흩뿌리면서
나비 날개 가루를 축축해진 손가락에
잔뜩 묻히고 눈 부비면서
슬프다, 아이는
아름다움이
손아귀에 아름다운 채 남아나지 않는다는
징그러운 진실을 알게 된다

그런 아이와 마주치게 된다면
꽃과 나비와 네가 어떻게 다른지 증명하기 전에
너는 우선 당장 전속력으로 달아났어야 했지만

그러지 않았지, 따라서 너는
진실의 가장 비관적인 판본을 만나게 된다;
자세히 보면 다 징그럽다

너는 아직 모르고 있지만
렌즈 세공의 기나긴 도정이 시작되었다
세간의 추측과 달리
망원경과 현미경이 모두 필요하다
아, 만화경도 물론

역대 수상시인 근작시

문정희

나의 도서관 외

1947년 전남 보성 출생. 1969년 『월간문학』 등단.
시집 『새떼』 『찔레』 『남자를 위하여』 『오라, 거짓 사랑아』
『양귀비꽃 머리에 꽂고』 『나는 문이다』 『다산의 처녀』 『카르마의 바다』 『응』 등.
〈현대문학상〉 〈소월시문학상〉 〈정지용문학상〉 〈시카다상〉 등 수상.

나의 도서관

책마다 페이지마다
광활한 폐허
이 도서관에 들어서려면
방문객은
자칫 길을 잃기 쉽다

남자보다 작고 아이보다 큰
여자 도서관이라고?

실은 아버지도 스승도 없고
심지어 연인도 없다
딸도 아니고 아내도 아니다

비와 안개
돌기한 산봉우리를 넘어
홀로 만든
나의 도서관
만 권의 비명과 독백
만 권의 사랑이 담긴 산맥이다

물방울로 생명을 만든
발원지
길고 긴 강물에 지은
궁전 이야기가 있다

무덤 시위

그녀는 하루도 쉬지 않고
땅에 엎드려 살았다
뼈 부스러지게 일하다 갔다
사람들은 부덕이요 희생이라 했다
그리고 무덤이 된 지 30년
그녀는 지금 거대한 폭력과 대치 중이다
땅값이 오르자 묘원을 몽땅 아파트 단지로 바꾸려는
토지업자와, 땅값을 좀 더 높게 받으려는
묘지업자 사이에 끼어
조상 숭배를 빌미로 밀고 버티며
팽팽히 대치하는 한가운데
그녀가 있다
다른 무덤들도 함께 참가 중이지만
죽어서도 부당하고 억울한 운명 앞에
그녀는 말 한마디 내지르지 못하고
뼛가루가 될 때까지 대치 중이다
가련하고 위대한 우리 어머니!

초록 야생조

작은 호텔 뒤뜰에 차린 아침 식탁
포크를 집기도 전에
번개처럼 날아와
내 접시 위의 호밀빵을 쪼는
앗, 초록 야생조

나는 알아차렸어요
허공에 길을 내며 찾아온 내 사랑!
이번만은 놓치지 않겠어요
발톱과 부리로 아프게 키스를 퍼붓는
당신을 망설임 없이 침대로 데려왔어요
전신을 떨며 깃털 속에
시를 새기기 시작했어요
다시 원시림으로 가지 못하게
당신의 살과 뼈를 가졌어요

그런데 이 손에 묻은 피는 뭐죠?
내가 감히 사랑을 가지려 했나요
이 아침 내가 내 손으로

사랑을 죽이고 말았어요

주저하고 벼르다 얼떨결에 날려 보내고
천둥이 칠 때마다
피로 쓰는 내 사랑시는 언제 끝이 나나요

구르는 돌멩이처럼[*]

목에 걸고 싶던 싱싱한 자유
광화문에서 시청 앞에서 목 터지게 부르던 자유가
어쩌다 흘러 들어간 뉴욕 빌리지에
돌멩이처럼 굴러다녔지
자유가 이렇게 쉬운 거야?
그냥 제멋대로
카페 블루노트에, 빌리지 뱅가드에
재즈 속에 기타줄 속에
슬픔처럼 기쁨처럼 흐르는 거야?

내 고향 조악한 선거 벽보에 붙어 있던 자유
음흉한 정치꾼들이 약속했지만
바람 불지 않아도 찢겨 나가 너덜너덜해진 자유가
감옥으로 끌려간 친구의 뜨거운 심장도 아닌
매운 최루탄도 아닌
아방가르드, 보헤미안, 히피들 속에
여기 이렇게 공기여도 되는 거야
햇살이어도 되는 거야

청와대보고 여의도보고 내놓으라고 목숨 걸던 자유가
비둘기여야 한다고, 피 냄새가 섞여 있어야 한다고
목청껏 외치던 자유가
어쩌다 흘러 들어간 낯선 도시에
돌멩이처럼 굴러다녀도 되는 거야?
그것을 쇼윈도에 걸린 명품처럼
아프게 쳐다보며 속으로 울어도 되는 것이야?

* Bob dylan, 「Like a rolling stone」

쓸쓸한 유머

남은 술잔을 두고 일어서는데
그가 돌연히 끌어안으며
깊이 속삭인다
아이 러브 유!
가만! 이런 유머는 처음이다
순간 공항이 휘청했다

하교하는 아이를 픽업해야 한다며
그는 서둘러 주차장 쪽으로 가고
나는 탑승구역 안으로 발길을 돌리며
장미 하나가 떨어지는 것을 보았다

얼얼한 고통과 아름다운 허위가
나이테처럼 새겨진 어깨를
솔개가 다시 툭 친 것 같다
아이 러브 유!
사랑의 굉음이 간지럼처럼 스쳐갔다

고백이 기쁜 게 아니라

이것이 얼마나 즐겁고 쓸쓸한 유머인가를
알아듣게 된 것이 기뻐서
쿡쿡 웃음을 삼키며 비행기에 올랐다
문득 별이 있는 사막에 불시착한 것은 아닐까
밤새도록 백내장 같은 허공을 날았다

나팔꽃 이야기

아이들이 제각기 꽃으로 피어나는
초등학교 첫 학예회
겁 많고 부끄러움 많은 나는
어떤 꽃도 되지 못했다
장미 할래? 제일 예쁜 꽃!
아님 백합? 난초는 어때? 국화는?
선생님의 물음에
나는 울며 고개만 저었다
생각다 못해 선생님은
꽃들이 한바탕 춤추고 난 후
나비들까지 모두 잠재우고
무대는 암전!
다시 새벽이 열리는 거의 끝 장면에
나를 활짝 피어나게 했다
아침을 여는 나팔꽃이었다
"눈을 뜨렴, 모두 잠에서 깨렴"
나의 짧은 대사에 꽃밭이 일제히 눈을 떴다
절정의 장면이라 객석은 즐겁게 술렁였다
그러나 나는 이미 분하고 슬펐다

제일 아름다운 장미를 안 했잖아!
그래서 그때부터 나는 온몸으로
장미와 가시를 감고 허공을 오르기 시작했다
아름다움을 향한 아프고 가쁜
내 시의 숨결은 그렇게 시작되었다

슬픔은 헝겊이다

슬픔은 헝겊이다
둘둘 감고 산다

날줄 씨줄 촘촘한 피륙
옷을 지어 입으면
부끄러운 누추를 가릴 수 있을까

살아 있는 것들 파득거리는
싱싱한 헝겊에서
새소리가 들린다
왜 우느냐고 물어보고 싶다
아픔의 바늘로 새긴 무늬에서
별들이 쏟아질 때도 있다

별처럼 깊은 헝겊으로
이름 하나를 지어 입으면
비로소 밤은 따스할까
그 옷을 은총이라고 불러도 될까

슬픔은 헝겊이다
둘둘 감고 간다

임승유

조용하고 안전한 나만의 세계 외

1973년 충북 괴산 출생. 2011년 『문학과사회』 등단.
시집 『아이를 낳았지 나 갖고는 부족할까 봐』.
〈현대문학상〉 〈김준성문학상〉 수상.

조용하고 안전한 나만의 세계

겨울밤에

너는 좋은 말을 들었다. 그래서 풍경이 좋아 보였다. 너는 좋아
보이는 풍경의 입구까지 걸어갔다.

하얗고 넓으며 소리가 없는 풍경 속으로 들어가려면

수위를 지나쳐야 했다. 여기서 너는 멈췄다. 수위를 끌어들인 후
에는 모든 게 얼어붙었다.

더 나아갈 수가 없었다.

고전소설

한번 살아보겠다며

너는 걸어 들어갔다. 뒤에 있던 나는 앞으로 어떻게 될지 알 수
없었지만

앞으로 잘 살아

말해주었고 너는 나아갔다. 남겨놓은 게 나라서 1인칭 시점을
지킬 수 있었던 나는 창문을 열었고

가다가

뒤를 보지 않았던 너는 앞으로 펼쳐질 장면 속에서 가장 중요하
게 다뤄질 것이며 누군가를 만나 사랑에 빠지고 위기에 처하게 되
더라도 뒤를 봐주는 사람이 있으므로

행복하게 잘 살았습니다.

타월

타월을 꺼냈다. 있은 지 한참 됐는데 쓸 데가 없어서 해변에 가지 않았고 오늘 아침에 꺼내놓은 새것 냄새가 났다. 오래된 냄새도 함께 났다. 오래 생각하면 오래 있게 될 거야. 어제 뜬 태양이 오늘 또 떠서 밝고 환하고

부드럽고 부피가 있으며 흡수력이 뛰어나므로

언제 끝낼지 모르는 언덕처럼 두 다리를 끌어당겨 한쪽으로 돌아누우면 언덕은 완만한 언덕

언덕을 넘어서면 멀리 해변이 보였다.

비희망

다른 학년은 수련회를 떠나고 남게 된 2박 3일

당분간

모여 있어야 할까

다치거나 떨어지거나 부딪치거나 외롭지 않도록 입술에 묻은 희미한 비밀을 나눠 가지면서

하지만

밖에선 우리가 모여 있다는 걸 모를 수 있잖아

이렇게 벽에 기대어

미지근한 상태가 지속되면

상할지도 모르는데

조심하자

우리는 고개를 끄덕였다

누구의 생각 속인지 모르는 채

생각을 하면서

반창고

버리고 올게

네가 무거운 것을 끌고 나간 후에 나는 저녁을 가장 사랑했다.
저녁은 무겁고 무엇보다도 전부였기 때문이다.

어떤 색으로도 되돌릴 수 없는

네가 들어와 환하게 드러난 자리를 쓸고 닦는 동안 손가락으로
숲을 가리키면 숲은 더 들어가고 더 깊어져서 감자와 설탕을 먹었
는데

그만 일어나

그런 말을 들으면 이제 감자가 한 알도 남지 않았다는 사실을 깨
닫는다. 여기서 나가려면

문을 열기만 하면 된다.

공원에 많은 긴 형태의 의자

나를 두고 왔다.

앉아서 일어날 줄 모르는 나를 두고 오는 수밖에 없었지만 그때 보고 있던 게 멈추지 않고 흐르는 물이라서

어디 갔는지도 모른다. 어디 갔는지도 모르면서 여름이 오고

여름엔 장미가 피었다 지기도 하니까 붉어지는 데 집중하다 떨어진 장미를 집어 들고 어떻게든 해보려는 사이

장미는 어디로 다 갔다.

남겨두기 위해서라면 한 번쯤 비유를 끌어다 쓰는 수밖에 없었고 결국 모여 있던 아이들이 빠져나간 후에 남은 의자처럼

찾아가지만 않는다면

거기 그대로 앉아 있을 것이다.

장소

사람이 와서 앉아 있다가 갔다. 해가 넘어갔다. 그다음에

사람이 오면

누군가 생각하기로 했다. 생각하면 알아보는 사람이 생기고 해
가 넘어가고 사람이 오고

사람을 생각하느라

여기가 어딘지 모르겠다. 낮이 몰려다녔다. 아침저녁으로 몰려
다녔다. 몰려다니느라 뭘 하고 있었는지 잊었다.

사람이 와서

앉아 있다가 언덕을 내려갔다.

장석남

여행의 메모 외

1965년 인천 덕적도 출생. 1987년『경향신문』등단.
시집『새떼들에게로의 망명』『지금은 간신히 아무도 그립지 않을 무렵』
『젖은 눈』『왼쪽 가슴 아래께에 온 통증』『미소는, 어디로 가시려는가』
『뺨에 서쪽을 빛내다』『고요는 도망가지 말아라』등.
〈김수영문학상〉〈현대문학상〉〈미당문학상〉등 수상.

여행의 메모

이 여행은 순전히
나의 발자국을 보려는 것
걷는 길에 따라 달라지는
그 깊이
끌림의 길이
흐릿한 경계선에서 발생하는
어떤 멜로디
내 걸음이 더 낮아지기 전에
걸어서, 들려오는 소리를
올올이 들어보려는 것
모래와 진흙, 아스팔트, 자갈과 바위
낙엽의 길
거기에서의 어느 하모니
나의 걸음이 다 사그라지기 전에
또렷이 보아야만 하는 공부
저물녘의 긴 그림자 같은 경전
오래전부터 있어왔던
끝없는 소멸을
보려는 것

이번의 간단한
나의 여행은,

쑥대를 뽑고 나서

늦여름은, 스무 해 너머 만에 뵌 고모나
고모집 돌담에 기댄 무화과나무나 그런
이름으로 불러도 될 성싶다
빈 절마당을 그렇게 불러도 되듯이

가장자리, 마당 가장자리
제 족속 집성촌을 빠져나온 쑥대를 뽑아내니
흙도 한 무더기 무겁게 떨려 나온다
슬펐다

손 씻기 전 손바닥의 쑥내를
오래 맡는다

모과를 자르는 일

모과를 자르려니 묵은
典籍을 펴는 일만 같다

모과茶를 만든다지만
어디 먹나 보자, 빈처는 불평이 많지만 모르리
모르리
이 行爲,
이 行爲의 저편을

십여 년 전
山집 마당에 제법 자란
모과나무를 심은 일
몇 해를 기다리다 체념한 일
그러나 생각난 듯 작년부터 모과가 달리기
시작한 일, 놀랍게도 크고 많이 열린,
남몰래 흐뭇하고 흥겨운 일
가방이 찢어지게 따 싣고 온 일
부엌칼로는 안 되어 약재 써는 작두를
약령시에 나가 육 만원이나 주고 사 온 일

지금, 모과를 서걱서걱 자르는 일
눈 오는 날에 몇몇 나눌 명단을 꼽아보는 일
투명 작은 병들을 사러 가리
키 작은 기쁨을 사리

아무 일 아닌 일
아무 일 아닌 일을
누에처럼 먹어서 비단 고치를 짓고
숨으리
숨으리

모과를 자르는 일
글자 모를 典籍을 넘기듯
눈이 오듯
아무 일 아닌 일

빗소리 곁에

1
빗소리 곁에
애인을 두고 또
그 곁에 나를 두었다

2
빗소리 저편에
애인이 어둡고
새삼새삼 빗소리 피어오르고

3
빗소리 곁에
나는 누워서
빗소리 위에다 발을 올리고
베개도 자꾸만 고쳐서 베고

4
빗소리 바깥에
빗소리를 두르고

나는 누웠고
빗소리 안에다 우리 둘은
숨결을 두르고

고양이가 다니는 길

조용하여라
다정하여라
위태로워라

어긋나지 않고
침잠의 때에만 가만히 열리는
고양이가 다니는 길

말을 들어보니
사랑이 그러하네

먼 허공에만 빛 띄운 어둠의 길
가랑비과 함께 다니는 길
절벽과 노니는 길
격렬한 고요의 길

어긋나지 않고
따스하게 숨은
고양이가 다니는 길

창을 닦아요
—대나무가 있는 방·1

창을 닦지요
이력이 한 줄 늘어나 더
투명해지는 것은
바람 말고는 없지요
창밖에는 대나무들이 푸르죠
비 오면 창을 터서 소리들을 들이죠
심야, 총총한 어둠에 고요히 서 있는 대들은
사랑을 앓는 자세죠
창을 닦아요
창이 없도록
창이 없도록
투명까지도 없도록
닦아요
부술 수 없으니
창을 닦아요

대숲 아침 해
―대나무가 있는 방·2

창 앞
대숲 아침 해
굶주린 호랑이처럼 쏟아져 들어와
내 넘치는 불면의 살들을 내어주니
서둘러 먹고는 입술을 핥으며
남쪽으로 돌아가네

대숲 아침 해
서쪽 창에 닿기까지
나는 살아서 다시 가슴에 피를 보내
가문 밭을 가꾸다가
또 한 번 서창에 들이닥치는
허기진 눈빛 있으면
서로를 핥으며
어둠을 덮으리

심사평

|예심|

귀를 내어주는 일
이근화

목소리를 보라!
조강석

|본심|

시가 되려고 애쓰지 않아도 스스로 시가 되는 말
김기택

사소하고 선량하고 따뜻하고 깊은
김사인

수상소감

뽑힌 느낌
황인숙

귀를 내어주는 일

이근화

 마음과 세계를 언어로 결합하는 일이 점점 더 어려워진다고들 말한다. 같은 말을 다르게, 매번 다시, 새롭게 한다는 것은 무엇일까. 반복수행의 어려움을 짊어지고 시인은 도대체 무엇을 하려고 하는가. 우열을 가리고 선별하기보다는 동시대를 살아가는 시인들과 함께 글을 쓰는 공간을 탐색하는 마음으로 작품을 읽었다. 절반의 죽음을 끌어안고 절름발이의 형상이나, 저마다 절실하고 고유한 발걸음을 보여주어서 기꺼웠다. 만족할 만한 세계에 도달해서가 아니라 아직 도달해야 할 세계가 있음을 보여주고 있었기 때문이다.

 황인숙의 시에는 일상 속에서 만난 작은 노인네, 조 선생님, 청년이 등장한다. 나와 사람들에 관한 이야기이며 사람들 속의 내가 돌연 발견해내는 새로움에 관한 기록이다. 근엄한 사실이 아니라 연약한 진실에 다가서기 위한 노력이 거기에 있었다. 시인들의 그런 노력 덕분에 현실은 조금씩 다른 모습으로 탈바꿈할 가능성 위에 놓이는 것이 아닐까. 삶의 미세한 호흡을 가다듬는 일에 시적 관심을 기울이는 일은 윤리적 삶의 결을 더듬는 일과 다르지 않을 것이다. 누구도 이기지 못할

선함이 황인숙 시인의 작품에는 있는 것 같다.

정한아는 두 가지 얼굴을 동시에 갖고 있는 것처럼 보인다. 씩씩한 목소리에서 연약함이 느껴지고, 섬세한 시선 속에 냉소가 담겨 있다. 상처로부터 도망갈 수 없다는 사실을 어렵게 받아들이며 시인이 과거와 현재를 복기하는 부지런하고 정직한 시를 적고 있기 때문일까. 천국과 지옥, 삶과 죽음, 과거와 미래의 구분을 무화시키는 '노래' 곁에 머무르지만 그녀는 쉽게 희망을 기록하지 않는다. 분열도 아니고 봉합도 아닌 자리에서, 그녀의 조롱과 비관이 위로와 낙관보다 아름다운 것은 그 고집과 성실성 때문일 것이다.

김상혁의 근작시에서 뒤틀린 것은 말이 아니라 겹겹의 상황이었다. 이러저러한 사건 속에서 가지런하게 정리되거나 요약되지 않는 삶의 국면을 들여다보며, 해석과 의미에 매달리지 않고 새로운 시공간을 살아보려는 시인만의 방법을 모색하고 있는 것처럼 보인다. 지극히 세속적인 세계와 그것으로부터 빠져나오려 하나 붙들려 있는 자의 난망함이 '움직이는' 거리를 만들고 '이동하는' 관계를 만드는 것이 아닐까. 그의 시가 이상한 증언의 방식을 띠고 있는 것은 그 때문인 것 같다. 간혹 비현실적 이야기들조차도 우리의 얼굴을 비춰주는 거울 같은 역할을 하니 말이다.

유계영의 시에서는 비장하고 어리고 아름다운 목소리가 들린다. 지겹도록 쓸쓸하고 외로운 얼굴이 보인다. 그녀는 풍경을 붙들어 매는 놀라운 시선을 갖고 있는 것 같다. 어떤 장면 속에 멈추어 있는 세계를 기민하게 엿보는 감각을 보여준다. 그것은 슬픔에 대한 미봉책일 수밖에 없지만 슬픔의 형식을 상상하고 그 오늘을 기록하는 일은 아프고도 아름답지 않은가. 그녀는 붙박인 자리에서 탈출을 서두르지 않는다. 반복 재생되는 것이 현실인지 꿈인지 모른 채 흘러간다면 주의 깊게 현실을 포기할 줄 알아야 한다는 조언은 끝까지 흔들려보겠다는 다짐처럼 용기 있게 들린다.

시인으로서의 천품이 따로 있다고 생각하는 편은 아니지만 그 말이 문득 생각났다. 시를 쓰는 일 이외에는 다른 일이 좀처럼 맞지 않을 사람들 말이다. 타고난 것이든 길러진 것이든 그런 시인들의 곁에서 이 세계를 건너가는 각자의 방식을 들여다보는 일이 작은 위로가 되었다. 좋은 시인이 되어주기를 바라지 말고 좋은 독자가 되어주어야겠다고 생각했다. 말을 걸어주기를 기다리지 말고 귀를 내어주어야겠다고 생각했다. 모든 작품의 주인이 되기로. 신나게 읽기로. 그런 생각들을 지어준 시인들에게 감사의 마음을 전하고 싶다. ■

목소리를 보라!

조강석

〈현대문학상〉 예심은 세심하고 꼼꼼한 과정을 통해 진행되었다. 한 해 동안 발표된 작품들의 목록을 추리고 그것을 서로 크로스체크하면서 일독하는 과정이 수반되었다. 어쩌면 그 자체로 심사위원들에게는 보상이 되는 일이다. 한 해 동안의 시단의 수확을 놓치지 않고 점검할 기회를 갖게 하기 때문이다. 두 명의 예심 위원이 각기 열두 명에서 열다섯 명 사이의 시인들의 작품을 추천하고 추천된 작품을 함께 확인하면서 최종적으로 10여 명 안팎의 시인들의 작품을 본심으로 송부했으니 한 해 동안의 소출 중에서 거개의 중요한 작품들은 망라되었을 것으로 생각한다. 경우에 따라 이 과정이 오랜 논의 과정을 요구하기도 하지만 이번에는 그다지 오랜 시간이 걸리지 않았음을 고백해야겠다. 그것은 심사위원들의 안목과 관점이 비슷해서라기보다는 앞줄에 리스트업될 수 있는 작품들을 판별하기가 용이했기 때문이다. 이와 관련해서 조금 말을 덧붙이자면, 일정 수준의 작품들은 언제나처럼 많았지만 수일한 세계는 여느 해보다 쉽게 판별될 수 있었다고 해야겠다. 그에 따른 장단점은 따로 적지 않아도 될 것이다.

신영배의 작품은 유동성을 품고 있다. 이미지도 언어도 리듬도 모두 유동한다. 이 유동성의 정체가 무엇일까? 우선 그것은 세계가 상념 속으로 폐색하는 기운을 예민하게 감지하는 이가 있는 힘껏 그 세계를 밀어내는 운동과 결부된다. 까딱하면 자아에 집중된 성찰과 사색으로 기울지도 모를 에너지를 세계 쪽으로 튕기어내고 그렇게 함으로써 다시 세계 쪽으로 길을 내는 것은 한동안 그의 작품에 오래 머물고 있는 물의 이미지 덕분일 것이다. 그의 시에서는 바람조차 물이다. 그리고 이것은 아직 우리 시에 기입된 적이 없는 운동 이미지이다. 그의 시가 상투성과 피로감 없이 원숙해지는 까닭도 바로 그 '유동하는 물'로 대표되는 이미지의 운동 때문일 것이다.

이영주의 작품은 듀엣을 품고 있다. 이번 연도에 발표된 작품들 속에서 그는 다양한 방식의 복화술을 선보이고 있다. 순수와 기원에 대한 열망, 유리처럼 맑다가도 이내 바스러질 것만 같은 세계 안에서의 불안, 단절을 지속시키고 싶은 모순된 소망 등이 한 주체 안에서 현상하는 목소리들을 통해 다채롭게 표현되고 있다. 흥미로운 것은 언제나 그것이 대화의 형식을 취하고 있다는 것이다. 복화술적 대화라니…….이미지 이전에 이 발화법의 새로움에 대해 우선 말하지 않을 수 없다. 대화적 복화술이 가능하듯 복화술적 대화도 가능하다. 전자가 화해를 전제로 한 것이라면 후자는 분열을 꼭 움켜쥔 주체의 것이다. 그 생장점에서 수일한 이미지들이 솟고 있다.

안희연의 작품은 알레고리와 아이콘 사이에 있다. 전통적 의미의 알레고리는 주제의 변복變服이다. 반면 아이콘은 주제를 직접 지시해서도 안 되고 그로부터 너무 멀리 가도 안 된다는 의미에서 변복한 주제다. 생래적인 것으로 보이는 유장한 리듬이나 참신한 문장이 주는 매력과 더불어 안희연의 작품은 독자를 사유하게 한다. 리듬과 문장 그리고 사유가 같이 작동하고 있으니 그의 시는 곧 어떤 중대한 임계점을 맞게 될 것이다. 그리고 그 임계는 변복과 탈주를 가름하게 할 것이다. 이미 충분히 매력적인 그의 시는 아이콘과 사유의 계열에서 우리 시의 어떤 절정을 예비하고 있다.

끝으로 올해의 수상자인 황인숙 시인에게 축하의 말을 전한다. 그의 시는 구상성을 유지하면서 예의 그 탄성을 수일하게 보존하고 있어 탄성에 값한다. 축하합니다! ∎

시가 되려고 애쓰지 않아도 스스로 시가 되는 말

김기택

    시인의 눈에 발견되기 전까지, 지나치면 그만일 뿐인 그저 그런 현상이나 사물에 묻혀, 시는 아무것도 아닌 척 태연하게 지나치는 사람들을 바라본다. 시는 보이지 않는 곳에 숨는 것이 아니라 보는 사람을 눈멀게 함으로써 눈앞에 뻔히 두고도 못 보게 함으로써 숨는다. 빠르고 혼란스럽고 뒤죽박죽이어서 정신을 차리기 어려운 일상에서 가만히 있기만 해도 교묘한 위장이 되니 시는 굳이 숨을 필요가 없는 것이다. 그런 틈바구니에서 시적 순간을 포착하고 시의 정수를 길어 올리는 작업은 만만한 일이 아니다. 그러므로 잠재적인 시적 대상에게 다가가는 시인들의 다양한 접근 방법을 보는 것도 시를 읽는 큰 즐거움 중의 하나일 것이다.

    본심에 오른 열두 시인의 시들 역시 이런 즐거움을 주기에 충분하였다. 젊음의 에너지가 밀고 나가는 실험적이고 활기찬 목소리들 가운데에서 황인숙의 시가 눈에 띈 것은, 역설적으로, 새로운 시적 접근 방법을 의도적으로 시도하거나 독특한 시를 만들려고 애쓰는 태도가 보이지 않았기 때문이다. 그의 시를 읽으면 좋은 시는 스스로 시라고 말하지 않는다는 것이 느껴진다. '시인이라는, 혹은 시를 쓰고 있다는 의식이 적으면 적을수록 사물을 보는 눈은 더 순수하고 명석하고 자유로워진다'는 김수영의 말을 황인숙의 시는 자연스럽게 보여주는 것 같다. 그래서 시 아닌 것들, 일상의 잡스러운 것들이 혼재된 곳에 촉수가 닿아 있는 황인숙의 시는 시라고 하기엔 너무나 일상적이고 일상이라고 하기엔 시라는 관습과 명칭이 생기기 전부터 있었을 어떤 떨림과 울림을 자신도 모르게 감지하게 한다. 그것은 몸에 체득되어 굳이 시가 되려고 애쓰지 않아도 제가 나와야 할 순간을 알고 있는 말일 것이다.

황인숙의 시는 이미 여러 권의 시집을 통해 익히 보아온 터여서 어느 정도 알고 있다고 생각하였지만, 본심에 오른 여러 시인들의 작품과 한자리에 놓고 보니 전에 보지 못했던 새로운 힘이 재발견되는 듯한 느낌이 들었다. 그래서 이번 〈현대문학상〉은 황인숙이어야 한다는 끌림이 수상작을 결정했다고 말하고 싶다. ■

사소하고 선량하고 따뜻하고 깊은

김사인

우리는 시로써 참말을 이룰 수 있을까. 한국어를 데리고, 사랑에 가 닿을 수 있을까.

올해의 상을 황인숙 시인께 의뢰하기로 합의하는 데 긴 시간이 걸리지 않았다. 80년대의 발랄과 경쾌로부터 비애가 어린 근년의 시들에 이르기까지 그가 달성한 개성적인 품격에 대해서는 아마 큰 이의가 없을 터이다. 그러나 이전의 시들보다 어떤 눈에는 허술하게 보일지도 모를 올해의 그의 시편들이 나는 더 서늘하게 읽혔다. 「간발」이나 「목숨값」도 황인숙다운 매력의 한 자락을 잘 보여주지만, 그중 더 나지막한, 「언덕」 같은 시의 아름다움에 나는 특히 경의를 표한다.

언덕이
언덕이
있다기에

로 시작되어 시 「언덕」은, 아마 「참된 신자 조정환 할머님」의 주인공으로 짐작되는 "나보다 스무 해는 더 사신 조 선생님의 언덕"과 나의 젊은 무심을 어떤 작위도 없이 다만 공손히 모셔 받들고 있을 뿐인데, 시의 내용보다, 모심을 수행하는 시적 손길에 밴 향기가 이를 데 없이 매력적이다. 이 순하고 조용한 기품과 따뜻한 수락의 아름다움을 어떻다고 말해야 할까. 굳이 시이고자 하지 않아 오히려 그윽해진 것인가.

그의 시에 어리는 이 사소하고, 때로 비애롭지만 선량하고 따뜻하고 깊은 것! 이것은 감상이나 부작위 들과는 전혀 다르다. 연륜이 보태진다고 저절로 얻어지는 것만도 아닌 듯하다. 시고 떫고 달고 쓴 나날들 속에서 남모르는 단련의 시간이 있고야 혹 자신도 모르게 이르게 되는 어떤 것일까.

젊은 시인들이 보여주는 자기 추궁의 치열함이며 한국어의 표현 능력을 넓혀가는 모험들로부터도 작지 않은 감명을 받았으나, 이 허술한 듯 수나로워진 황인숙 시의 위로와 온기는 전혀 다른 차원으로 독보적이었다. 인간사에 '경지'란 말을 써야 할 적절할 자리가 있다면, 오늘의 황인숙 시가 바로 그러한 지점에 도달해 있는 것이 아닐까 생각하게 된다.

축하를 대신하여 김종삼 시인의 시 한 대목을 기억해두고 싶다. "누군가 나에게 물었다. 시가 뭐냐고"로 시작하는 시를 선생은 이렇게 맺고 있다.

"그런 사람들이/엄청난 고생 되어도/순하고 명랑하고 맘 좋고 인정이/있으므로 슬기롭게 사는 사람들이/그런 사람들이/이 세상에서 알파이고/고귀한 인류이고/영원한 광명이고/다름 아닌 시인이라고." (김종삼, 「누군가 나에게 물었다」)

바라건대 시인은 황홀한 '마음의 절세가인'을 한껏 더 누리시기를. ■

뽑힌 느낌

황인숙

수상 소식을 듣는 순간 어찌나 기쁘던지 절로 목소리가 상기됐다. 공교롭게도 그 밤, 전날 배달된 『시사IN』을 뒤적이다가 거기 실린 「장정일의 독서일기」 끝머리에 인용된 토마스 베른하르트의 자전적 소설 『비트겐슈타인의 조카』 한 구절을 읽었다. "사람은 극도로 곤란한 처지에 있을 때만, 삶과 생존이 위협받을 때만, 그리고 사십 세까지만 상금이 딸려 있는 상 혹은 그저 단순한 상이나 표창을 받을 권리가 있다."

그 대목을 천천히 되짚어 읽으면서 생각했다. '첫 번째, 그리고 두 번째는 내게 해당되는군.(자랑스럽지 않게도!) 그런데 사십 세라니…….' 나는 좀 시무룩해졌다. 그 뭣이냐, 상 받을 '권리'라는 게 이 중 한 조건만 맞으면 생긴다는 건지, 세 조건 다 갖춰야 한다는 건지 모르겠다. 아마 후자일 테지. 그렇다면 베른하르트 씨, 그 소설을 쓸 무렵의 당신은 나이 들고 생활에 무능력한 자의 비애를 모르고 관심도 없었던 거다. 상이란 생활에 보탬이 되는 것에 불과하다는 당신의 현실적이고 합리적인 견해대로라면, 젊은이보다 늙은이가 더 상을 필요로 하는 게 아니겠는가. 뭐, 근본적으로 당신 말이 구구절절 옳다고 공감하긴 한다. 상을 받게 돼 기쁜 와중에 〈현대문학상〉 수상자로서 내가 좀 나이가 많은 게 아닌가 하는 서글픈 자의식이 슬며시 고개를 들었으니까.

많은 문학상이 한 인물을 기려 그 이름을 붙였는데, 〈현대문학상〉은 『현대문학』이라는 한 문예지의 권위에 의지해서 제정됐다. 문학의 중심이 월간지에서 계간지로 옮겨 가 월간지의 위세가 약해진 이후에도 월간 『현대문학』은 권위를 잃지 않고 꾸준히 제자리를 지켜왔다. 해방 이후 한국 문학의 역사는 『현대문학』의 역사와 궤를 같이해왔다고 해도 과언은 아니리라. 〈현대문학상〉 수상자답게, 내 시에 현대성을 부여하려 앞으로 더 애를 쓰겠다. 현대성이란 새로움에 대한 활기찬 천착이리라.

문학상이라는 게 결코 인격을 보고 주는 건 아니지만, 받으면 인격에 다소라도 좋은 영향을 끼치는 것 같다. 비뚤어지려던 마음이 순하고 선해지는 것이다. 문득 인생이 자신에게 호의적이라 느껴져서이리라. 지금 내 마음이 그렇다.

심사를 보신 분들이시여, 다른 젊고 재기 넘치는 후보작들도 많았을 텐데, 뽑아주셔서 고맙습니다. 실로 우정은 진실보다 강하여라. ■

2018 現代文學賞 수상시집

간 발 외

지은이 | 황인숙 외
펴낸이 | 김영정

초판 1쇄 펴낸날 | 2017년 12월 11일

펴낸곳 | ㈜현대문학
등록번호 | 제1-452호
주소 | 06532 서울시 서초구 신반포로 321(잠원동, 미래엔)
전화 02-2017-0280
팩스 02-516-5433
홈페이지 | www.hdmh.co.kr

ⓒ 2017 ㈜현대문학

ISBN 978-89-7275-859-4   03810